世界里的风筝

肖隆东——著

SPM 南方传媒 | 广东人民出版社
·广州·

图书在版编目（CIP）数据

世界里的风筝 / 肖隆东著 .—广州：广东人民出版社，2024.9

ISBN 978-7-218-17481-5

Ⅰ.①世… Ⅱ. ①肖… Ⅲ.①诗集—中国—当代 Ⅳ.① I227

中国国家版本馆 CIP 数据核字（2024）第 068703 号

SHIJIE LI DE FENGZHENG

世界里的风筝

肖隆东 著

出 版 人： 肖风华

责任编辑： 马妮璐
责任技编： 吴彦斌
装帧设计： 成都现当代文化传播有限公司

出版发行： 广东人民出版社
地 址： 广州市越秀区大沙头四马路 10 号（邮政编码：510199）
电 话：（020）85716809（总编室）
传 真：（020）83289585
网 址： http://www.gdpph.com
印 刷： 三河市中晟雅豪印务有限公司
开 本： 880mm×1230mm 1/32
印 张： 7 **字 数：** 180 千
版 次： 2024 年 9 月第 1 版
印 次： 2024 年 9 月第 1 次印刷
定 价： 68.00 元

在春风中舞动的风筝

杨克

肖隆东，以欧阳肃为笔名的诗人，将他的诗集命名为《世界里的风筝》，这个标题本身就富含深意，我们可以从多层面和各种视角来理解其所传递的寓言。在过去的40年间，中国的改革开放推动了大量的人口从内地西部地区向沿海东部城市，如广东的东莞迁移，寻找更好的工作机会和生活环境。这种人口迁移规模之大，推动了东莞等城市以制造业为龙头的经济高速发展，同时也带来了诸多社会问题和挑战，这些年从江西赴广东拓展人生宏图的游子占比重很高。可能湖南之后居其二。在这个过程中，"风筝" 的象征就显得尤为深刻。在天空翱翔的风筝，展示了人们对自由和梦想的渴望。然而，风筝同时也被线牵引，寓意人们迁居东部城市之初的艰难挑战，如语言障碍、文化差异、生活压力等等。诗人通过诗歌，对这个时代" 南漂" 新客家扎根异乡的人们表达了深深的同情和理解，书写了他们的追求，挑战以及对未来的希望。风筝虽受到线的牵引，但它仍然能在风中舞动，意味奋进和坚韧，这象征着战胜困难，战胜挑战，努力生活，坚持向前的态度。但风筝始终是线所系，这与人们在追求梦想和理想时，首先要面对现实的约束，具有深刻的寓言性。因此，这个标题可能揭示了作者对生活矛盾和冲突的深入理解，他期待通过诗歌表达人在世界中的孤独、希望和挑战。

肖隆东的创作受地理文化影响。他的诗歌，反映了他从内地农业文化背景转移到沿海工业化城市的体验，这种地理背景的转变无疑深深地影响了他的创作。他的诗歌中，融入了这两种文化元素的交织，展现了两种文化在碰撞与交融中所带来的困惑和挣扎。我们可以看到对自然和人生的反思，这源自他对不同生活方式和文化的观察和思考。

肖隆东的诗歌传达了对家乡的思念以及对新家的探索，他以诗歌表达了在异乡的迷茫与困惑，对于自我认知的挣扎以及对根源的追寻。他以一个跨地域诗人的视角，通过诗歌展示了个体与他者、文化与自然、过去与现在、梦想与现实等多元元素的交融与冲突，呈现出他对人生和世界的独特见解。他的诗歌不仅描绘了他个人的经历和情感，更激发了读者对生命、城市化进程、新移民文化，以及与人性相关的诸多宏大主题的深入思考。

肖隆东曾自述，“从小我就爱做梦，常在梦中，或哭或笑，或飞或闹，乐山智水，花开花俏。长大后，进入中学读书起，常被书中许多朗朗上口、意境优美的诗句，情景交融、意味深长的散文，跌宕起伏、人物鲜活的小说等，感动而着迷。特别是在课文中提到作者的生平、成就和影响，如某某著名的诗人、散文家、小说家、作家等等，让我心驰神往，从此，我有了一个当作家的梦。当考上中等师范之后，我就开始写稿，在那个校刊上发表一些小‘豆腐块’。后来参加工作了，做了中学的语文老师，也时常在那个有关的报纸、杂志、电视台投一些稿”。可见，从小肖隆东就喜欢做梦，他在梦中自由穿梭，体验各种不同的情感和场景，这种丰富的内心世界为他日后的文学创作打下了坚实的基础。肖隆东早就是一个热爱文学并且对创作充满梦想的人。他的文学追求的梦想从小就种下了种子，随着年龄的增长，这个梦想逐渐壮大并付诸实践。肖隆东的人生是许多文学爱好者的缩影。有许多像他那样对文学充满激情、坚持梦想的人们。他的故事鼓舞人们要勇于追求梦想，不怕困难和挫折。还让人们认识到，文学并不是遥不可及的高山，而是每个人都可以参与和享受的过程。写作从简单开始，不断学习和实践，都有可能触碰到文学的美丽和深邃，并为自己的文学梦想付诸行动。作为一个长期在乡镇工作生活的基层作者，他的成长道路也具有普遍性，例如通过加入文学专业组织获得提升，不仅让他接触到了更优秀的文学作品，还为他提供了与同行交流的平台，从而使他的文学创作更加丰富和成熟。与文学大咖及文艺爱好者交流，从他人身上汲取经验和灵感，共同探讨文学和人生，这不仅提高了他的创作技能，还使他的人生理解更加深刻，生命感受到了无比的充实和愉悦。肖隆东的文学理想告诉我们，文学不仅是一种艺术形式，更是一种生活态度和人生哲学，它可以让人们的生活更加丰富和有意义，也可以让人们更加深入地理解和感受人类共同的情感和价值。一个人并非要创作出惊世之作才写作，它首先是自我精神升华的需要。

我们先来读一读他的《河流》和《借来的时间》。其一，他不仅讴歌母爱的伟大，更对生命多样性进行了广泛的描绘。他将母爱比作河流、大海、太阳和月亮，这些象征具有一定的视觉冲击力，也使他的作品具有想象空间和强烈的生活气息。无论是对母爱的赞美，还是对生命的情感，他都用直接的语言，表达出内心的真实感受和积极向前的乐观的人生态度，这种对生活的热爱和对生命的尊重在他的诗中中得到了充分的体现。在其二《借来的时间》这首诗中，欧阳肃表达了对人生困境的理解和同情。这首诗由三个部分组成，分别描述自由奔跑、人生路上的顺境与荆棘、以及对土地和自身的祈祷与认识。这三个部分相互衔接，构成了人生旅程的完整画卷。如“萤火虫”象征时光的短暂与美丽，“猛虎”和“蚂蚁”分别隐喻个人的独立与集体的团结。这些形象生动地展现了人生的复杂性和多样性。通过对低调、乐观、敬业、不放弃等价值观念的描绘，以及对路上的高峰和低谷的描写，诗人构建了一个“真人生”的图景。我们再读一首写得比较隽永的《蜻蜓》：

蜻蜓

小小蜻蜓
落在绿枝头，便是一抹春天
顺着山谷而下
有一泓清潭，装了春天的心
那里有几个脚印
不知是谁留下的
泥土深处，隐藏了去年的雪
以及古老的秘密
小小蜻蜓
以幽灵的方式掠过水面
它要抵达的地方，估计离春天不远
它天生就是一个舞蹈家
夏天来得毫无征兆
一个响雷，一阵滂沱大雨，就可以宣告
世界的澎湃
雷雨前，乌云汇聚在一起
天幕像是要倾泻下来
蜻蜓压着地面飞翔
它们和孩童一起追打嬉戏
暴雨来临前

整个村庄都竖起了耳朵

在这首诗中，蜻蜓不仅仅是一个生物，它成为了连接春天、夏天和过去与未来的载体。小小的蜻蜓落在绿枝头，连接了季节、自然与时间，成为了春天的象征。当夏天来临，蜻蜓又变成了孩子们的游戏伙伴，成为了夏天的符号。这里的时间不是线性的，而是呈现出一种季节性和循环性的时间观念。在诗里，自然景物不是孤立的，而是与人紧密相连。清潭装了春天的心，留下的脚印则是人的痕迹。蜻蜓的飞翔与孩童的嬉戏相融合，整个村庄都在倾听大自然的声音。这些描写展现了人与自然的和谐共存，人是自然的一部分，自然也渗透在人的生活之中。诗中“泥土深处，隐藏了去年的雪以及古老的秘密”这一句，暗示了存在的深层结构和隐藏的真理。这让我想起了海德格尔的诗学观点，即真实的存在是隐藏的，需要通过诗歌、思考和解读来揭示。蜻蜓的飞翔则成为了一种解读的动作，它掠过水面，寻找春天，也是在揭示存在的秘密。蜻蜓被描绘成一个舞蹈家，它的飞翔是一种舞蹈，也是一种对生命的颂歌。这一形象展现了生命的轻盈、自由和美丽，与自然界的和谐相融。这种舞蹈不仅是一种生物的动作，也是一种生命态度和人生哲学的展现。可是当夏天突然来临，雷雨、乌云和暴雨将世界带入一种澎湃的状态。整个村庄、孩童、蜻蜓都成为这一澎湃的一部分。这里的世界不是孤立的个体，而是一个有机的整体，人、自然和季节都在其中相互影响、共同呼吸。我之所以详细分析阐释这首诗，更与诗的语言有关，相对于前面分析的两首诗，这诗的语言更为漂亮。

关于动植物微小的生命的书写，在我看来是肖隆东写作之所长，也许他的处境，使他一直保有对弱者的同情和悲悯。我很喜欢《宽恕一棵草》：

宽恕一棵草

喜欢一棵草，就去抚摸它
它有心脏
在悬崖边
草的经络向山河蔓延
向可可西里深处集结
我喜欢爱笑的人
他可以宽恕万物
包括柔弱的草
宽恕一棵草，就去
寻找它的祖先
帮它树立信仰
在热河附近，建造
一间木房子
听人世间在大地上歌唱
除了小草，应该
还有其他生命
一些叫不出名字
但又刻入记忆的姓氏和符号
是的，我们要学会
宽恕一切柔软的事物

诗中的草不仅仅是一种物体，它具有心脏、经络，与山河相连。对草的抚摸、寻找祖先、树立信仰，这些动作不再是冷漠地对待草，而是渗透到草的存在之中，去理解它，关怀它。诗中的草是一个象征，代表了所有柔弱的事物和存在。草的经络向山河蔓延，这是一种自然万物相连的图景，暗示了宇宙间的整体性和连续性。寻找草的祖先，建造木房子，听人世间在大地上歌唱，这些描绘暗示了时间和历史的深层联系。草与它的祖先、人与他们的历史、大地与人世间的歌唱，都融合在一起，形成了一种跨越时空的共鸣。我们要学会宽恕一切柔软的事物，这是一种对存在的敬畏和尊重，诗中提到除了小草，还有其他叫不出名字但又刻入记忆的姓氏和符号。这些象征了生命的多样性和复杂性，也暗示了存在的深层结构和隐藏的真理，构建了对人类命运和自然界关系的深刻反思。《宽恕一棵草》这首诗深入到存在的本质，探讨了人与自然、时间与历史、生命与符号之间的复杂关系。通过草这一象征，诗人呼唤人们要关怀万物，理解自然，宽恕一切柔软的事物，体现了一种对生命、自然和人类命运的沉思。

其他诸如《看书的女人》等等诗作，都值得一读。读者可自行选择，无需一一分析点评。

肖隆东的诗歌作品以自然和乡村为题材，这无疑来自于他早些年与土地、自然的紧密联系，这成为了他的写作长处，但同时也显露出某种局限性。长处如前面分析过的《蜻蜓》和《宽恕一棵草》，语言朴素却富有哲理，立意新鲜。他以微小的生物蜻蜓和草作为符号，捕捉了自然之美与生命的意蕴。他对生活的细腻观察和对自然的深入理解使他的作品具有独特的新鲜感和原创性。他如何将蜻蜓描绘成舞蹈家，如何将草赋予生命、经络与信仰，都体现了他的创造力和对乡土生活的深厚感情。

（杨克，中国作家协会主席团委员，中国诗歌学会会长）

从时间的旷野走向春天的枝头

——诗集《世界里的风筝》序

莫寒

时间的源头，也是河流的源头。也许有人会问，地球时间的发展史到底有多久远？这是一个没有答案的问题。人类的先祖应该比时间更晚来到这个世界。在智者的眼中，时间早已呈现出多种多样的形态，它再也不只是平面上的线条，更多的时候，时间已经代表了一种根植于灵魂深处的精神力量。我把这种精神力量理解为人类的想象空间。大地之上，人作为生动的个体，无时不在与这个世界发生着千丝万缕的联系。你的言语之根和生命之光来自遥远的先祖，当晚风一次次从田间地头经过，很少人会想起时间的发源地。在漫长的黄昏里，有人在时间的旷野找寻着一些陈年旧事，有人站在一棵榕树下发着呆，思考着树叶的前世今生。这，或许就是诗人与世界之间的对话。

诗人在抵达黎明之前，总是喜欢仰望夜空中的星星。在普通人看来，星星只不过是宇宙中的一束发光体，我们看见的星星尽管只有一粒米那么大，但却给了我们无限的遐想空间。走进一片草丛，蹲下来聆听昆虫之间的语言，会发现，每个生命都有自己的图腾和生活习惯。对待小生命，诗人有着独特而丰富的想象力，很多时候，哪怕是一个名不见经传的小细节也可以发展成为某种独特的意境。这种发现与升华，是诗人走向理想高地的重要途径。

在浩瀚的时间面前，几乎没有人可以回避生命来路的问题，诗人的精神原乡总是会不经意间出现在某段文字的峡谷深处。肖隆东是一个骨子里怀揣着诗歌梦想的客家人，他对汉语的敬重根植于对生活的虔诚。当读完《世界里的风筝》这部诗集时，我由衷地感到一种震撼，这种震撼更多的来自于诗人对生活的敏感度。这位来自赣州三百山脚下的诗人，凭借着对汉语诗歌的一腔热血，从东江源头出发，带着对生命寻根朔源的任务向脚下这片土地不断发问。在肖隆东的诗歌图谱中，山水人文无疑是他近年来创作的主要方向。因为一条江，赣粤两省的人文距离一下子被拉近；因为一条江，赣州与东莞被时间赋予更为宽泛的思想内涵。

肖隆东在成为诗人之前，首先是一位母亲的儿子。大山里走出来的孩子，灵魂深处总是会留下一些与众不同的生命烙印。离开故土，沿着东江顺流而下，肖隆东像一条自由自在的鱼，游弋在自己构筑的精神世界里。他与许多来到东莞的外地人不同的是，这位具有古典人文基调的现代诗人，举手投足间总是会散发出一股淡淡的江南气息。自古以来，江西文脉鼎盛，文人遍布大街小巷。肖隆东从赣州来到东莞，在这片土地上娶妻生子，过着安居乐业的幸福生活。然而，肖隆东并没有因为生活的安逸降低对诗歌艺术的追求。

《世界里的风筝》这部诗集所呈现出来的语言多样性和诗意复杂性，给读者提供了更多的可能性和思考空间。对于当下生活来说，诗歌的意义更多的时候仅仅是一种心灵上的共振，它带给我们的启示和感悟是一种平和、谦卑的认知方式。一个诗人所要靠近的真相，往往停留在时间的背后。而读者所要做的，就是在灵魂的草原上留出一小块区域用来共鸣。

要想对一件事物进行深层次的挖掘与表达，必须提前下一番功夫，做一做前期准备工作。如果把《世界里的风筝》比喻成一件艺术品，那么诗人肖隆东则是一位人到中年的艺术家。在艺术家的笔墨里，每根线条都是通往时间彼岸的桥梁。肖隆东不是艺术家，他把所有的才华都用在了写诗上。

诗集《世界里的风筝》从“心灯”“心境”“心弦”“心勉”“心书”等五个方面进行延展和扩散，用平和淡雅的心态切入诗歌内核，完成对现实主义世界的另一种定义与解构。此外，这部诗集是诗人从山水田园走向城市文明的一个转折点。对诗人肖隆东来说，这个转折点将对他今后写作产生重要的影响和意义。

打开《世界里的风筝》这部诗集，我一下子被《河流》这首诗深深吸引。可以毫不夸张的说，《河流》所要表达的东西已远远超出诗人的本意，之所以选择《河流》来解构和分析诗人的写作意图，我想除了与诗人的精神原乡有关之外，更多的还在于“河流”代表着一种无形的力量，而诗歌需要的恰是这样的张力与意境。肖隆东在《河流》中这样写到：“母爱是用文字无法描述的一条河流/轻抚母亲走过的山路/那些被她视为知己的泥土，小石头/都是秋天里最温暖的/记忆和素描//若要对母爱进行深刻的比喻/我会想到大海，太阳，月亮/甚至一切与暖色调有关的物件/都可以成为母爱的代名词/母爱需要我义无反顾的去歌颂/冬天走了，春天的身体里开始/长满鲜花和种子/我的身体里蓄满了一整年的形容词/这些从未谋面的/汉字，标点符号，都将成为母爱/世界里的风筝”。

显然，肖隆东在写《河流》这首诗的时候是花了一番苦工的。把母爱的柔情比喻成河流的无形，这在肖隆东过去的诗歌作品中极为罕见。当然，要想在一首诗里将诗人的写作规律和习性全部摸清是不现实的。“母爱是用文字无法描述的一条河流”，当我们读到这样的语言时，内心世界难免会五味杂陈。在诗人的记忆中，母亲与河流实际上是混合在一起的。大山深处总能找到一些泉眼和小溪，沿着水声一直向下寻找，一定可以发现河流的踪迹。这不仅是诗人童年世界里的熟悉场景，更是他们那一代人特有的生命记忆。对于母亲的思念，很多时候是卑微的，低调的。像六月荷塘里的荷花一样，只想静静地绽放，静静地枯萎。在这首诗歌当中，可以明显的感觉到肖隆东对诗歌语言的锤炼与把控有了很大提升。“轻抚母亲走过的山路”，如此温暖而唯美的诗句，为诗歌插上了诗意的翅膀。很多时候，诗人的精神原乡总是与河流山川有着密不可分的关联，人类的记忆会随着时空发生裂变。“那些被她视为知己的泥土，小石头/都是秋天里最温暖的/记忆和素描”。肖隆东诗歌里与乡土有关的事物，似乎都涂抹了春天的暖色调。因为温暖，《河流》才更加充满时光的韵味和生活的质感。“冬天走了，春天的身体里开始/长满鲜花和种子/我的身体里蓄满了一整年的形容词”。可以说，这几句诗把《河流》带向了一个新的意境。在大自然的旷野里，诗人早已没有了昔日的年少轻狂，在他的身体里，豁达与冷峻就像沉默不语的形容词，默默地望着河流的尽头。对于诗人来说，这种淡然才是生命里最珍贵的财富。“这些从未谋面的/汉字，标点符号，都将成为母爱/世界里的风筝”。《河流》这首诗的结尾起到了画龙点睛的作用，诗人将汉字、标点符号以及一些看不见的元素归纳为母爱，这是对生命的深度认知。而世界里的风筝，把大地上的一切美好事物带入了天空，河流成为了美好的向往和化身。

读完《单薄的空灵》，有一种误入仙境的错位感。从词语的一般意义上来看，单薄与空灵代表着冷色调。单薄的空灵，一下子让我意识到生命的重量：“我害怕写到人生，它是一座傲慢的大山/坚硬的骨头上/长满苔藓和雪//每个人都有自己的灵魂/石头的灵魂就是寻找石头以外的大世界/我们的身体终究要回到/原始的部落/那里有水源和太阳/我们感到孤独忧伤/这就是人生的意义/第二天醒来/太阳落在了我们的/梦里”。

之所以将诗歌《单薄的空灵》拿出来与大家一起分享，其主要原因在于这首诗的自省价值和探索意义。写人性的诗歌容易误入歧途，稍有不慎就会走向人性的死胡同。《单薄的空灵》虽然只有短短十三行，但内在的张力却十分充沛。诗人在诗歌中表现出的坦诚是显而易见的，他之所以害怕写到人生，因为人生是一座傲慢的大山。特别喜欢“石头的灵魂就是寻找石头以外的大世界”这样的诗句，我猜想，诗人在成为诗人之前，一定对哲学颇有研究。我认为，一个不懂哲学的诗人一定走不远。肖隆东在生活中表现出来的豁达与从容，恰恰来源于哲学的滋养。再比如“我们的身体终究要回到/原始的部落/那里有水源和太阳”这几句诗，读起来颇有一种返璞归真的感觉。在漫长的时间面前，大自然终将回到大自然中去。人类的身体只不过是大自然当中的一片树叶，宇宙万物不会因为一片树叶而发生改变，这就是时间与生命之间的哲学关系。肖隆东的诗，写意的同时也不失浪漫主义精神。《单薄的空灵》最后有了转折和升华。当人类醒来的时候，依然可以在梦里看见熟悉的太阳，给人希望和温暖。

如果说《单薄的空灵》是肖隆东诗歌朝哲学思维不断靠近的

一个信号，那么《某个夜晚》则是浪漫主义情怀的一次有效验证。原诗如下："某个夜晚，窗外灯火通明/你在我的想象里/徘徊，慢慢缩小/我还记得那座彩虹桥/那年春天，雨水浇灌万物/大地沉甸甸的/你的眼睛里住着河流一样/的理想//某个夜晚，窗外灯火通明/阿妹坐在门槛上/不说话，她对着远方发呆/远方有一棵树/我看见了月亮"。

事实上，在一首诗歌当中，现实主义和浪漫主义之间并没有多大的区隔。评论家之所以归纳出不同的诗歌基调风格，主要原因在于更好的分析诗人写作的走向与特质，从而对诗人进行写作派别上的归类和引导。肖隆东在诗歌写作道路上尽管还有很长的一段路要走，但令人欣喜的是，他的诗已经具备了明显的个人写作经验。尤其是在语言锻造方面，经常起到出其不意的效果。我不知道诗人在创作《某个夜晚》这首诗的时候是否已经离开了他的故乡，在我看来，一个人只有离开了故土，对故土的认知才会更加的刻骨铭心。显然，《某个夜晚》写出了诗人对过去那片土地的切肤感受。

《某个夜晚》不但写出了一个游子对故土的真情实感，而且映射出隐藏在诗歌深处的浪漫主义情怀。"你的眼睛里住着河流一样/的理想"。多么干净的语言，读后给人一种美到极致的感受。在《世界里的风筝》这部诗集里，像这样精美的诗句，可以说比比皆是。

人们常说，父爱无疆。在中国的汉语词典里，父亲是一个神圣而又含蓄的词语。母亲是河流，父亲是山川。在诗人肖隆东的诗歌语境当中，父亲的定义显得更为深远。接下来，让我们走进《父亲》这首诗："父亲是一个大词/牵涉到泥土，森林，田间地头/牵涉到月亮与荷塘/牵涉到春天与山脉/对我来说/父亲这个大词来自生命深处/它笔画简洁/却让人回味//父亲这个大词，总是让我想到/时间上的胎记/关于一段秋天里的故事/收获被写进甘蔗林/稻草人站在夜风中/像个雕塑/一言不发”。

在国人的心目中，父亲的形象来自于一个儿子对大地和山脉的深度想象。肖隆东在《父亲》这首诗里所表现出来的情绪无疑是沉着冷静的，他说父亲是一个大词，牵涉到泥土，森林，田间地头，牵涉到月亮与荷塘，牵涉到春天与山脉。对于一个来自大山深处的灵魂探索者来说，所有与乡土有关的词语都带有一股强烈的视觉冲击力。此外，《父亲》这首诗从头到尾都只是在陈述和阐释父亲这个词的概念。看似冷峻的笔墨背后，实际上隐藏了一条丰富的情感瀑布。诗歌中对父亲的铺陈与描写，为的是更好的怀念。这种怀念，像一座浑厚的大山，不爱说话，只是静静地斜躺在自己的精神世界里。

在《世界里的风筝》这部诗集中，“山”被诗人反复拿来抒怀。现代汉语的族谱里，山的确代表着刚毅与雄浑，它与河流形成鲜明的对比，是一个容易给读者产生联想的词语。诗集的最后一个篇章，诗人把对大地的眷恋写进了“山”里：“我看见的山/内心辽阔，月亮是透明的戒指/人间复杂而唯美/肉眼看到的夕阳/也许是一只湖泊/它们离山脚还有一段距离//生活是一本词典/猫吃掉夜晚的敏锐和多疑/昆虫从不停止鸣叫/这就是他们的秘密//懒猫之于老鼠、懒虫之于苍穹/理想丰满却难以选定/目标随波逐流/生活如此人生亦如此//仰山而停步/游移不定只会让你前功尽弃/每当我们翻越一座山头/都是对自己的一种救赎”。肖隆东在构建这部诗集的时候，充分发挥了哲学思想带来的奥妙，诗歌语言一旦回到现实生活的场域里，很容易滋生新的思想和意识流。我把《山》比喻成诗人自我确认的一种象征。在诗人的内心世界，山是无休止的词典。山，永远停留在离脚步不远的地方。

诗集《世界里的风筝》留给读者的不仅是悬浮在大千世界里的想象空间，更是生命场域里的一次美丽邂逅。现实生活中，人类脚步所能抵达的地方实在是太有限，我们看到的风筝要比星空更加辽阔。诗人肖隆东尽管早已远离春天里的田垄，但对脚下那片土地始终怀有一种眷恋。时间久了，每个人的记忆里都会收藏一些过去的时间标本。在命运的河流里，人类从不缺乏想象与探索能力，真正的桥梁，都是建立在夜晚的骨头之上。肖隆东写诗起步较晚，却能在时间的旷野里直抒胸臆，把人间冷暖描绘的活灵活现，实属不易。

《世界里的风筝》这部诗集是肖隆东诗歌写作发生转变的重要节点，相信在以后的诗歌创作中，诗人对诗歌语言的理解和认知一定会更加透彻。诗歌里的山川与河流，好比哲学与大地，相依相偎，它们生活在两个不同维度的空间里。《世界里的风筝》既是诗人肖隆东的个体写照，同时也是东莞这片土地上的一种文化标签，更是大雁在天空里留下的精神胎记。诗人，永远不会满足于某个季节对他的馈赠。这一刻，时间在不远处慢慢地分解，发生着神秘的化学反应。春天的枝头，挤满了红扑扑的花骨朵。

（莫寒，原名蔡秋华，中国作家协会会员，东莞市作家协会主席团成员、秘书长。作品发表于《诗刊》《钟山》《山花》《芙蓉》《花城》等刊物。出版长篇报告文学（合著）《邓盛仪：家国情怀赤子心》、诗集《落在低处》等）

目录 CONTENTS

第二章　心境

第三章　心弦

第五章 心书

第一章 心灯

心灯

心善是养生的营养素
是心灵世界的一盏灯
怀善心行善事
给弱者制造翅膀，让他们冲破贫困的牢笼
让白鸽在他们的头顶飞翔
心善就像天上的星星
照亮山峦与沟壑
春天敲门
大地上的人们会爬上楼梯
望着美好的日出
快乐得像个长不大的孩子

河流

母爱是用文字无法描述的一条河流
轻抚母亲走过的山路
那些被她视为知己的泥土，小石头
都是秋天里最温暖的
记忆和素描

若要对母爱进行深刻的比喻
我会想到大海，太阳，月亮
甚至一切与暖色调有关的物件
都可以成为母爱的代名词

母爱需要我义无反顾地去歌颂
冬天走了，春天的身体里开始
长满鲜花和种子
我的身体里蓄满了一整年的形容词
这些从未谋面的
汉字，标点符号，都将成为母爱
世界里的风筝

借来的时间

低调，乐观，敬业，不放弃
这些被赋予生命的词语
正在大地上自由奔跑
人生一直在路上来回奔波
谁没跨过高峰，捱过低谷？
只不过，时光总是容易低入尘埃
像一只乖巧的萤火虫
照亮自己的影子

人生这条路啊
总要在光滑的思想上种下荆棘和艰险
有时像猛虎般忠于自我，独立而强大
有时能像蚂蚁般抱团取暖，无坚不摧

我向脚下的这片土地祈祷
给它取名，带它认识自己
也许总是默默无名
但一定会有人看到

赞美

赞美一座城市，需要用到一些大词
例如庞大的建筑和辽阔的土地
赞美一个人，同样需要用到一些大词
只不过这些词被厚厚的时间遮蔽
它也许隐匿在某个不起眼的角落里
也许生活在我们的身体里

每一条街道都有自己的生命
走在干净的马路上
我会想起一些温暖的细节
黎明前夕
雾气笼罩着整条街道
你瘦弱的身影越来越模糊
日出发出的光芒
照射在你的脸上
多么迷人

故土的记忆

土路边，野草丛
蝴蝶在休憩，土鸡在觅食
蓝天下
一排又一排建筑分布在
凹凸不平的大地上
几个孩童奔跑在田野上
到底惊吓了谁
那一抹晚霞突然变红了
春天的油菜花越来越美
它们覆盖了整个春天

蜻蜓

小小蜻蜓
落在绿枝头，便是一抹春天
顺着山谷而下
有一泓清潭，装了春天的心
那里有几个脚印
不知是谁留下的
泥土深处，隐藏了去年的雪
以及古老的秘密

小小蜻蜓
以轻灵的方式掠过水面
它要抵达的地方，估计离春天不远
它天生就是一个舞蹈家

夏天来得毫无征兆
一个响雷，一阵滂沱大雨，就可以宣告
世界的澎湃
雷雨前，乌云汇聚在一起
天幕像是要倾泻下来
蜻蜓压着地面飞翔
它们和孩童一起追打嬉戏
暴雨来临前
整个村庄都竖起了耳朵

黄江

春天来了
湖水滋养着脚下这片美丽的土地
在离深圳不远的地方
我为你放声歌唱，大美黄江
你的每一次绽放，都是一首歌谣
那一年，我心怀壮志
像南飞的大雁
奔向改革开放的南方

岭南大地，记录着我的脚印
多少个细节在时间上打着结
心灵，从此沉静，不再彷徨

你曾经，稻黄橘红，瓜果飘香
勤劳善良的人们
举起手中的希望
他们暗自盛开着
理想和种子

你拥有“宝山石瓮出芙蓉”美誉
是太阳神升起的地方

你是内外兼修的贤德淑女
从不在夜晚的屏幕上
写下散乱的思绪

且不说，你这红色的故土
谱写了多少东江纵队的英雄篇章
而如今，宝山脚下
仍然洋溢着拥军热浪

你拨云见日，勇于担当
造就信息产业强镇
你天生丽质，众心呵护
捧出幸福生态天堂

君不见，那茫茫林海
释放出多少清新空气
君不见，十二颗璀璨明珠
带来无限水玲珑的遐想……

而今跨步从头越
高速，轻轨挑深广
这黄江的“乡村振兴”
承载着儿女们多少梦想

那环山绕水的绿道呵

是月老的丝带
牵着你，我，他
伴君千里聚黄江……
黄江，我的第二故乡
你虽不是生我的故土
却是我实现梦想的地方
我愿为你写下一千行诗
用它来温暖人间

黄昏

河流对面，天空在燃烧
火红的夜晚发出滋滋的声响
我骑在牛背上
听着村庄里古老的歌谣

小路弯弯
溪水悠悠

多少年过去了，我还是那个少年吗
家门口，杨柳依依
你的样子
从未改变

有那么
一抹灵性绵绵的思绪
种在眉头上，是风筝
更是乡村篱笆
的小桥流水

有那么
一段刻骨铭心的回忆

你不说出来
它永远藏在我的心底
像一块碧绿的玉

我的母亲，是一条弯弯的河流
河流的上游是一个谜
只听见哗啦啦的响声
从遥远的山脉传来
我已记不得
你的身上印刻了多少个春天
杜鹃花把我们的村庄染红
布谷鸟的声音来自
某个下午熟悉的黄昏

终究

我害怕写到人生，它是
一座傲慢的大山
坚硬的骨头上，长满
苔藓和雪，在不同季节里
终究相偎相依

每个人都有自己的灵魂
石头的灵魂就是寻找石头外的大世界
我们的身体终究要回归
原始的部落
那里有水源和太阳

我们感到的孤独忧伤
就是人生意义的不可或缺
第二天醒来
太阳终究从东方升起
其他的落在了我们的梦里

江南

在婺源的春天
有一种璀璨金黄
叫油菜花海

在婺源的雨中
有一种徽式水墨
叫烟雨婺源

在婺源的家居
有一种诗意素雅
叫粉墙黛瓦

在婺源的村里村外
有一种缤纷五彩
叫山居梯田

而我的胸膛里
一直没有忘记
江南

江南

炊烟袅袅
红叶依依

我所看见的江南有脚步
和浓浓的花香
青瓦淡墨，飞鸿落花

婺源，闯入一个人的意境
面对春天
不需要太多的形容词
朴实即可

大地之上，我们热爱
脱俗、简远、空灵的
夜晚

从今以后

从今以后
我会把手边的杂事放下
带你看一场演唱会
听一场音乐
在人海中一同陶醉

从今以后，我会找一本杂志
打开音响
躺在沙发上
抓住一些自己的时间
不管甜酸苦辣
都去细细品味

从今以后
我会透过落地窗
描写淡水河的轮廓
不去理会玻璃上的千军万马
我会拉着家人到外面去吃饭
泡一杯清茶
与友人闲醉

生活应当是
我们悟道的一本经书
无需立誓
过去的日子就让它随风而去
远方还很年轻
草地和羊群正在回家的路上

从今以后，我要做个爱美的人
把美丽的瓷具放在酒柜里
把漂亮的衣裳、纱巾藏在衣柜里
把好酒收藏在酒窖里
如果有什么值得高兴的事
有什么得意的事
让亲人们看到海
看到我们的土地

从今以后
我会拥抱一下已经长大的小孩
但总是在等适当的时机
时间从未打算这种等待
我们常想写信给另一半
表达浓郁的忏悔
或者想让他知道生活的真相
但总是告诉自己不急
未来就在不远转角处

等着我们一起
放声歌唱
其实每天早上
我们睁开眼睛时
都要告诉自己
这是无尽的一天
这是辽阔的一天
每一分钟
值得我们好好拥抱
它们的骨头是雪做的

青春

青春是青春
年龄是年龄
站在一棵榕树下，听春天里的发言稿
多么急促的喘息声
从遥远的湖边传来
坐下来吧
生活就会浮出水面

请找到榕树的亲人
根系与族谱
让它们相认
彼此串门，走向血浓于水
的归途

青春有太多的遐想和不确定性
比如爱情这只豹子
它离青春其实不远
一切以青春为幌子的爱慕
都值得警惕
青春到底应该从哪里上车

年龄只是通往青春的竹篙
一米够不够？
十米够不够？

关于青春的定义实在太庞杂
一只蝴蝶刚好从耳边飞过
那是大自然在做最后的仪式
弯腰，并爱上自己
的过去

再见了，四月

再见了，四月
四月不是康桥
它在人类的大好河山里生根发芽
并仰望自己的
血液

四月适合收集大面积的雨水
我在用所剩不多的记忆灌溉南方
和那株面朝大海的君子兰
再见了，四月
我对邻居说了一声早安
他递给我一支香烟
多少年了，我的喉咙一直是沙漠
这个地方适合怀旧
拥抱一个陌生的人

再见了四月，你这个虚构的爱人
再见了
长满一千双脚的杨柳
再见了我熟悉的万物
我是个热爱生活的人

再见吧
人间最美的四月天

我是一条狗

我是一条狗，我来自东江上游
我身体里住着山脉
桥梁和乌篷船
我早已经不记得
吃掉了多少个冬日的骨头
我被坚硬的石头驱赶
敲打头颅
这是我的宿命，我额头上
刚好有一棵树
它稀松的发丝
像极了这古老的大地

我是一条狗
走在大街上，经常把头拉得很长
那样就可以吃到这世上
最好的甜品
去年冬天，我被一个肉包子打晕
瘫坐在地上
这个世界就是这样
我低头认错
围观者不语

他们的手里
拽着一把枪
那是一把可以杀死大象的枪
我突然爬起来
朝着太阳下山的地方
狂奔

生命是一张单程票

生命是一张单程票
我们身体里的春天
住在大西北
雪花和风沙
在生命的河流里轻声歌唱
不要跟大地讲哲学
它只爱春天里的草

石碑

当你抬头
世界也会跟着停下脚步
月色照亮山谷
我身体里有坚硬的石头

你闯入生命的低谷
世界突然没有声音
没有人注意到你
夜晚淹没了河流

而当你迈向巅峰，东方的日出
照亮脚下那片森林的时候
鲜花掌声像竹笋
冲破了泥土，植物和一些生命

人生的起伏如同天上的云朵
时而聚拢，时而散离
抬头仰望
宇宙没有边界
生活是一座坚硬的石碑
而我
一直保持着仰望的姿势

三百山

三百山，我不知呼唤了多少回
在梦里，在我的庸常琐碎之中
总是能遇见
血脉相连的石头，泥土，树根
以及那些从未发表意见的山脉
高处长满山风和野果
望着山下的田野，我忽然会飞
我尝试着张开翅膀
大地在我脚下下沉

春天到了，我的想法混入清泉
一起融进了东江水
岭南大地开满鲜花
东江，自由地流淌
江西九十九条河流
奔向未来

站在云层上，我看见
一条河流从惠州博罗的心脏穿过
东江从三百山来
五百里原始森林

幽深而绵远的足迹
在水上若隐若现
画面上有水，月光

东江水所到之处都是意境
这一路上有太多变化
沿途的养殖全部迁徙
沿河木材加工场消失
东江源头三百山
你是乳汁孕育的
你的身体
让东江水找到了原初
你养育多少南粤儿女
东深供水的根来自
三百山脚下
我写诗，写东江水的
现实主义情怀
写沿途的张力

经过九百九十九个弯
车随山势，旋转登顶
山顶的仰天湖
是一面青铜镜
就这样静静地躺在群峰中央
像婴儿甜睡在母亲的怀抱里

湖面的轻烟滋润母亲的脸庞
山脉之间，朦胧的雾气
漂浮不定，像极炊烟的味道
在云雾里飞驰，怎不让人思念母亲
树木是群山的孩子，是它们养育
滋养着千年河流
大地上的楠木啊
是连通天上的桥

东江第一瀑，来自人类的智慧
峰林突兀，怪石嶙峋
从三、五百米洒下的
是云和雾，是一座古老山脉的魂
站在山脚下仰望它们
我是一粒多么渺小的
种子
看啊
叶选平“东江第一瀑”的题字
鲜红的摩崖石刻
代表南粤人民饮水思源的情怀
记得九七香港回归时
港人来寻找东江之源
山脚下的东风湖
似一把尖刀直插群山之中
那是山里的水，国人的血

那是少年心中永远的骄傲

且不说那千米高空的玻璃栈桥
惊险，峰峦相连
也不说那石印奇松
松与石紧紧相抱
有根石不散，有石松不倒
但是一泓知音泉，溪流不断
汇东风湖，集镇江水，下九曲河
洋洋洒洒，一路南下
东江啊，你就是那月老手中红绳
把赣粤港澳串在一道
东江的上游也是时间的上游
春天总是喜欢推迟开花
让孩子们苦苦期盼的雪
正在一点点融化

怀念童年
怀念三百山下的快乐时光
怀念温泉里煮鸡蛋的美好
那棵千年的古杉还在吗?
雌雄同株，矗立溪边
虎岗温泉，昔日神秘
早已被热泉河温泉度假酒店取代
那破烂的虎岗旧村也变了

换成了红墙碧瓦
悠幽的三百山啊，你骨子里
还剩下善良朴实，热情好客
和那清澈的溪水，色彩斑斓的山林
还有我那难改的乡音
三百山，我写的不是
山

香樟树

黄江，是生长在东莞的一棵香樟树
是岭南的一座活力小镇
古老的历史不会说话，但它有翅膀
它会爬上芙蓉寺看宝山石瓮的芙蓉
那种水花四溅的形状
宛如佛在诉说着时光

芙蓉寺醉卧在青山之巅
早已没有了昔日的嘈杂
古木和古筑融合
白雾与香火绕梁
钟声同泉水相互渗透
草馨花香，禅意绵绵

黄江的美，种植在平凡琐碎之中
它没有冷峻的海拔
站在任何一个角落都能说出黄江
的大屏嶂、黄牛埔、清泉湖、宝山
这些被大地铭记的地名
也是我身体里的胎记

黄江，这棵被时间低估了的香樟树
每天都在为时代发声
葱茏叠翠，鸟语花香
清澈见底的清泉湖哟
可以看见另一个自己
黄牛埔的白鹭
爱上这片水域
悦耳的百鸟声，闯入
耳朵，便不愿意出来

黄江的美
写意的绿道，在地图上发出
耀眼的光芒
欢快明亮的草地，自行车道
起伏不定，环坡绕水
九百九十九道弯
波光粼粼的湖水
婀娜多姿的繁花
这些都是人间大写的美

黄江的美
是一腔热血过后的深沉
黄京坑战斗，或是马山战役
见证了东江纵队的英雄壮举
演绎出一幕幕抗战胜利的英雄故事

怎能不让人沉迷
十二个大小湖泊
似一颗颗明珠洒落在黄江山川里
宝山、雷公山、观音顶、巍峨山
流传着多少动人的传说
60 多平方公里的莽莽青山中
隐藏着无数秘密
等着人们去寻探

等一切安好，我们再相约

等战胜病魔
我们再相约
去见你想见的人
看你想看的风景
做你没做完的事
洒脱从容

等一切安好
见到你想见的人
捧上你的爱
大胆表白——即使不能牵手
不留遗憾

等一切安好
去看你想看的风景
带上你爱的人，或独自
随心所欲去旅行
不留遗憾

等一切安好
带上父母、爱人与小孩

到海边吹吹风，看——
面朝大海　春暖花开
不留遗憾
等一切安好，我们相约
登黄鹤楼吟诗作对
夜游东湖、品武昌鱼美
去武汉大学看樱花繁盛
不许掉队

相信自己

雨打着窗
犹如天使吻着大地的心脏
处暑来临，周围仍是炙热
暮色中，蝉儿再读秋声赋
众生盼望秋色的降临
今夜怎能不叫人难眠

初秋离身体最近
她对人体的温度最有发言权
深处酷暑的草地
并没有忘记信仰
风雨再密集
依旧挡不住
赶往秋天的信念

任何哲理性的文字
都比不过一棵果树
它结出的果实
是最美的自己

立夏

草丛里，月色发出昆虫的声音
我没有见到披着红衣服的荷塘
时间在石头上
滴答滴答
杜鹃花在向昨天告别
它喜欢有仪式感的夏日
一群鸟在天上躬身作揖
大地飞起来了
蒲公英、牡丹花跟着大声歌唱
在一条小溪上方
春天莫名地低头，没有发现她
黯然离去的忧愁

时光匆匆，岁月涛涛
一年四季
轮回更迭
春天的接替者是夏天
树木是最忠厚的看客
它见证了雪和孤独

春天给了夏天很多想象空间
炎炎夏日
你纵有千百个理由放弃
也要找一个理由坚持下去
面对疯狂的夜晚
有些人走着走着就散了
泪流满面

大自然的画笔

春天应该有一块俊俏的山坡
山坡的名字上写满各种传说
崇山峻岭之间
绿茶溢出馨香
一只黄鹂鸟站在枝头上歌唱
它正在为大自然代言
在我看来，黄鹂鸟是上天派过来的使者
人间有四季，大自然有雾水，暴雨和雪
没有去过大漠的人
水是他一生的恋人

一位画家迷路了，他闯入人迹罕至的原始森林
他遇见生命深处的颜色
在生活的浅滩
鸟鸣幽涧
那是茶树成长的故乡
魂牵梦萦的赣南

画家的笔可以穿越千里大山
徜徉无垠腹地
行走万家人间

然而，纵然外面的天空再美
最难忘的美食依然是
黑美人，红色经典
西湖仙子，茶马古道
太湖，洞庭湖，黄山，洱海，西双版纳……
这些泥土上的西风古道
都是我的天涯

城市管家

没有天使的翅膀
何来温暖的春天
一座城市走向时光的制高点
她会静下来思考

这片土地
历史可以堆砌在城墙上
让晚风亲吻
大地上的猫

美好的春天来了，又走了
这便是人生

活着

活着是一个生动而复杂的大词
活着本身并没有太多的技巧
它只忠于生命本身
对于枝丫，并不做过多的点缀
活着是一门老手艺
温暖大地上的人们

活着
是把一颗心与另一颗心放在
一个容器里，产生化学反应
我们行走尘世
不攀比不贪婪
心怀慈悲
把罪恶上交给星星
等待着月光
前来普度

活着
有时候必须放慢脚步
那么远的距离
应该多看几眼沿途的

河流，雪山，人间烟火

从古至今
活着，是一门无师自通的哲学
我们前赴后继
奔赴在大地上

第二章 心境

心境

内心的平静
是心灵深处的舒适和自在
不思声色、不思胜负
不思得失、不思荣辱
心无烦恼、形无劳倦
在繁忙浮躁和充满诱惑的尘世纷扰下
恬然不动其心

在田野上追风

暂别城市的喧嚣，把身份改为
山野村夫，在生养我的土地上
种菜、烧柴、做饭、聊天
偌大的丘陵世界
没有眼前的苟且
只有春天和远方

有人说
忙碌奔波的我们
想要过上“向往的生活”太过于奢侈
于是，我们拟构了一个理想的世界
忙碌在各个领域的人
来到乡野“强行”放慢节奏
感受慵懒时光的快感

乡野的小村子
错落有致的小屋一一排开
蓝天白云作衬布
虫鸣和流水声替代了城市的嘈杂
房子整体风格一切从简
没有复杂奢华的家具

多半原木、竹制而成
这种简洁，渗透骨髓

太阳底下
长满各种美丽的植物
温暖的土地上
搭建了一个院子
庭院里种着各种花草和蔬菜
它们的样子像极了我的童年
木制秋千晃悠晃悠
清晨，从睡梦中醒来
用自己种的蔬菜
做一顿简单美味的饭菜
是一件多么幸福的事

秋天里的女儿格外乖巧
她站在田埂上
指着天空中的云朵
那是她梦见过的云朵
女儿愿意跟我们一同在地里忙碌
拔草捉虫跟踪蚂蚁
我忍不住摘个西瓜吃上一口
那是一种超出想象的甜

女儿天资聪慧，她开始
学做手工，用自制玩具
和同龄人一起玩耍

春天的稻田，绿油油
夏天的向日葵，金灿灿
秋天的丰收，黄澄澄
冬天的瑞雪，白皑皑
在田野上追风
在小溪中淌水

无题

小时候，并不理解什么是团聚
后来看到一群小鸭子在池塘里迷了路
找不到回家的出口
年幼的鸭子视力模糊
在它们的世界里
水是柔软的玻璃

长大后，我开始懂得鸭子的近视
它们对生命的理解
要远远胜于我们对身体的依恋
一家人围坐在一起
不要去研究什么是真正的幸福
亲人团聚就是最好的
答案
关于人生
有很多种理解
外人看来是悲剧的
当事人却可以拿它当一段人生历练
被碾压过，才懂时间的慈悲
辉煌过，才知道时间珍贵
岁月如歌，生命辽阔

石头

一棵树说
当我们面对生老病死的时候
没有什么比时间更有说服力
无需通知，无需改变世界
活着或死去，花开与花谢

一棵树说
活着才是真理
只有肉身活着
才能为其他任何事物活着

活着本身没有幸与不幸
静静地活着，赤条条地活着
像丹霞山雄阳石，傲寂矗立
对着天边的夕阳，展示世间的阳刚

一棵树说
我们要把自己活的通透
如诗如歌，胜读十年书
门庭光彩，耕读而殷实

来到人世间，是不得不来
最终离开这个世界，也是不得不离开
何不潇洒走一回
让身体爱上灵魂

遇见

天那么蓝和广袤，白云飘飘
熙熙攘攘，人流如织
世间这么大，二十年前独在异乡还是遇见你
这不是前世有缘
这是雪在融化前
留给我的一条河

生命

生命是一首怎样的诗
答案藏在了人间深处
秋天来了
大地摇晃
我并没有感到凉意
河流仍旧在流淌着
这是一个安静的夜晚
鲜花绽放，没有人发现植物的表情
落红满地
写诗的人
正在背诵生命这首诗

宽恕一棵草

喜欢一棵草，就去抚摸它
它有心脏
在悬崖边
草的经络向山河蔓延
向可可西里深处集结
我喜欢爱笑的人
他可以宽恕万物
包括柔弱的草

宽恕一棵草，就去寻找它的祖先
帮它树立信仰
在热河附近，建造一间木房子
听人世间在大地上歌唱
除了小草，应该还有其他生命
一些叫不出名字
但又刻入记忆的姓氏和符号
是的，我们要学会宽恕一切
柔软的事物
春天喜欢反复练习自己的美
而草是不能的
它只善于向下
深入到泥土里
为人类坚守住
大地上的秘密

某个夜晚

某个夜晚，窗外灯火通明
你在我的想象里
徘徊，慢慢缩小
我还记得那座彩虹桥
那年春天，雨水浇灌万物
大地沉甸甸的
你的眼睛里住着河流一样
的理想

某个夜晚，窗外灯火通明
阿妹坐在门槛上
不说话，她对着远方发呆
远方有一棵树
我看见了月亮

父亲

父亲是一个大词
牵涉到泥土，森林，田间地头
牵涉到月亮与荷塘
牵涉到春天与山脉
对我来说
父亲这个大词来自生命深处
它笔画简洁
却让人回味

父亲这个大词，总是让我想到
时间上的胎记
关于一段秋天里的故事
收获被写进甘蔗林
稻草人站在夜风中
像个雕塑
一言不发

童心不泯

多少年了，我一直觉得自己
仍旧是个快乐的少年
小溪没有停止过回忆
它等一条鱼从水里跃起
冲向生命的上游
小鱼不会说话，它只有通过
向上，不停地向上
来证明自己还活着
人世间
我有一个可爱的女儿
她是天使下发的礼物
六一节清晨
女儿奔向实验中学
冲刺高考，像一条活蹦乱跳的鱼
走在她人生的试卷里

昔日小羊角小丫头
如今已长成大姑娘
十八岁的成人礼照片
仍在手机上存着
我摸摸稀疏额头

顿然感觉
自己不再年轻

我亲吻六月的每一寸肌肤
包括大自然的性格，记忆和理想
我匆匆踏上职业生涯的下一站
生活就像一只白虎
日复一日的上班旅程
想着自己上山砍柴
下河捉鱼的童年
好像昨日余光
今天仿佛看到女儿
蹦蹦跳跳唱着童谣
烂漫无邪笑着叫" 老爸、老爸"
夜晚泪如雨下

每当在犹豫要不要放弃时
为此告诉自己：别放弃
因为你要是真的不想再坚持就不会犹豫
为了梦想，选择坚持
童心不泯，童心有趣
让眼里有阳光
让心中有爱
简单快乐，像孩子一样
享受坚持后的梦想实现

春夏颂

今年初夏
农历小满已过
鸟雀第一个被通知起床
它们按照固有的习惯
朝东南方向飞翔
那里有希望的海
人间四月到处芬芳
春夏之交美如画

夏天并未对春天置之不理
春天养育根系
夏天才会丰满
万物皆有报本之心
落花仍有意
结硕果，护绿叶
不忘精进之恩
人有思乡之绪
天伦之乐，舐犊之情

春之于夏
期望不停攀登

开辟最美丽的道路
延续最光辉的行程
春夏青葱年少
无畏成长
坚韧前行
春天在夏日里找到
最好的参照和价值

悟

悟是一种天赋，在生命的刻度上
它是虚无和散漫的化身
悟，比哲学更容易融化
有时错过一个地方
未必是遗憾
停时未停
行时太快
回头找寻
早已物是人非
错开的世界
未必是错误

有时走错方向
整个节奏会被带偏
去汽车东站的
却到了火车东站
去地铁站的
却到了轻轨站
前边明明是水平如镜的大道
哪知把车开进了水中
不由你愿不愿意

冥冥之中，万物已被安排

没经历过的事
未尝过的艰辛与血泪
对旁人来说
或为笑话、狗屎或新编的故事
放下和淡定
面对与等待
已无其他选择
悟，这种东西
只可意会不可言传
像极了我们的眼睛

狂想

狂想不等于乱想
夜晚辽阔，总想在无边无际的
夜晚画这个世界
的善良与美好

我知道，春天总会来临
那些大片大片的雪花
迟早会变成泥土上的
记忆

而我的心
正在苏醒
我甚至想到一棵草的命运
它如何理解生命
我想了很多
我知道，春天总会来临

初冬印象

初冬
乍暖还寒
如果身体里有一只蚂蚁
它一定熟悉泥土的气息
我热爱细小的生命
它们顽强而柔弱的身体
代表着太多
哲理

北雁南归已不见
十月红叶似芳菲
苍山无语
田园正忙碌
江水东去也

认识一座山或一条河流
看缘分的深浅
长期交往看秉性
一生相处看人品
时间是人与人之间的桥
大雨来临，所有人都不在
剩下的便是
人心

立冬过后

立冬过后
一切归于平静
万物开始自我审视
它们有自己的姓氏，脾气
以及对生命的认知和理解
冬天来了
穹庐高蓝
阳光澄练
人懒树欲静，风凉脸自干
今时盘点，月亮落在池塘
雪融化了身体
来年春意盎然

走过了春的温暖
拥过了夏的热情
醉过了秋的浪漫
今又将和时间一起
相约在冬季
地尚未冻，水犹冒烟
叶半青黄不舍
万物藏而不敛

新一轮枯荣
姿态万千，色彩斑斓
大自然慷慨馈赠
健康快乐无限

冬无雷
春雨战犹酣
繁花何需叹
无语迎丰年
这一切的缔造者
都将沉入年轮
和时间一起融入
人间

关上一扇门

关上一扇门
等于关上了时间的阀门
生活给了我们太多的答案
有时候却不知所措

打开一口窗，让风景从远山
流进我们的心田
虽咫尺却如天涯
换个方向，寻梦
夜晚被染成河流

在我们的身体里
森林无数
千万次地叩问
唯有山谷回音
她在何处
她在何处

蓦然停住
那人却在霓虹灯下
秀发飞起，白裙飘忽

黎明

黎明来临之前
大地上发生了太多的故事
灯光是夜晚嘴角上的肉痣
因为有了光
我们很温暖

黎明来临之前
路灯疲惫不堪，摇摇欲睡
晨曦，太阳揉着惺忪的睡眼上班来了
我拖着疲惫不堪的身躯
走在城市的马路上
不知要到哪里去

回想过往种种
再想后面的路
有些人，有些事
永远无法预知明天会如何
也没有人可以回到过去
但谁都可以从现在开始

只要面朝大海

每一滴海水都会润泽你宽广的胸膛
只要心永远朝着阳光
每一束阳光都闪着希望的光芒
往往地上本没有路，人走得多了便成了路

文字的森林

酷暑，是一种自然反映
到达极限后
便不再难受
总想去山里觅一处清凉
抑或江南的水乡
大树下，池塘边
读书吟诗，等待下一个奇迹

漫天飞舞的雪花
落在红瓦上，悄无声息
比一万只蚂蚁还要细腻

山顶上
红梅朵朵盛放
眼神跟着一只飞翔的小鸟
追踪一个心仪的身影
静默清凉，等下一个日子
露出幼嫩的芽儿

在想象的森林里自由穿梭
我站在清晨的山巅

大雁从头顶飞过
那股气息多么温暖
我们沉着而愉快地
在世俗的领地拥抱

神秘的山顶
从来就不是世俗的领地
那是回顾过往、面向未来的佛地
荡涤着生命的回音
你送出什么就送回什么
你播种什么就收获什么
你给予什么就得到什么
等待下一个晴朗的日子

我的灵感在文字的森林里穿梭
点燃心中那一盏孤灯
照亮心中那些文字
交上那些心中的答卷
也一样在等待
即使难免孤寂
但有一种魅力，叫独自走过

我的生活里有一只温柔的手
采花酿蜜，写诗弹唱
那些独自走过的日子

那些经历的风花雪月
那些发生的凡尘琐事

当蝴蝶飞来的时候
已是百花香满山坡
忧愁的山顶
早已记住了这个真心微笑的日子
下一个日子，还有多少道选择题呢
等待下一个日子

下一个冬季来临时
想起前尘那些后悔的事
山顶的梅花会纷纷飘落
红色的梅花在白色的雪花里飞舞
人间还有比这更美的舞蹈
家乡的南山，也许早已长满了忘忧草

南屏晚钟，随风飘诵
我匆匆地走入森林中
森林它一丛丛，我找不到他的行踪
只看到那树在摇曳
我走出了丛丛森林
又看到那夕阳红

走出森林，走入小巷

在这人世间
不要去想那些后悔的事
不愿意那梅花落满南山
只要想起一生中后悔的事
梅花便落下来
比如看她游泳到河的另一岸
比如登上一株松木梯子

危险的事固然美丽
不如看她骑马归来
面颊温暖，羞惭，低下头
一面镜子永远等候她
让她坐到镜中常坐的地方
望着窗外，只要想起一生中后悔的事
梅花便落满了南山
读书，吟诗
等待下一个日子：彩霞漫天

看书的女人

看书的女人是一幅画
水墨丹青，清明河上图
深秋漫过河流
一切看上去都有了归途

女人看书时
时间停止了思考，月色的脚步声
远比我们想象中
要温暖

她那认真的样子
她那静谧的神态
那不经意的手捻云鬓
宠辱不惊，是明月，是桂花
是人间四月天
是一道风景一帘风铃
荷塘中那一圈圈涟漪
让人目不暇接，扑面清香
诗书气华人自扬

看书的女人，眼睛里有光

谈吐间流露出一种书卷气
柔美大方，不骄不躁
一种文雅从大地起飞
像一杯茶，细细品来唇齿含香

一种祥和
像一缕春风，亲吻着我们
配上依依杨柳，亭亭荷花
蜂蝶芳菲
此时无声胜有声

荷叶

在小镇里种藕
等待来年开花
从黄江十二个湖中的每一颗水珠里
可以感受到黄江诗意
那是万亩森林里凝结而成的水珠
田田荷叶，那颗水珠就在里头眨动
明亮得就像春天的眼睛
于是
风的歌声慢慢暖了
地的画布渐渐绿了
绿枝飘舞、鸟儿或高或低在飞
桃花红了、荔枝花黄了
细雨飞泻，湖水涨了

确实，黄江人民脸上的每一颗汗珠里
都可以感受到黄江诗意
沉甸甸的荔枝、龙眼
无数颗汗珠遍山播撒
开花、结果
花果飘香、红霞满树时
那日啖荔枝的东坡情怀

那郁郁葱葱的森林绿海
那果实累累的天堂大厦

太阳从东边冉冉升起
而与太阳一同燃烧的是
笑容里的灿烂，怒放中的青春
工厂的熊熊炉火，科技的月异日新

确实，黄江诗意无处不在
蕴藏在十六公里环湖绿道百福祈愿的风雅里
呈现在挥毫泼墨笔走龙蛇的写意书画上
起伏在湖山大境云起雾霭的空明旋律中
奔腾在大风起兮英雄东纵的传奇故事里

确实，黄江诗意无时不在
融化在风清日朗石瓮出芙蓉的意境里
渗透在遍野红荔桂圆黄皮的夏色里
浪漫在花好月圆民安国泰的祥瑞中
辉煌在太阳神、飞利浦、领益崛起的壮美中

确实，从黄江人回眸的那个眼神里
读懂了诗意黄江
浓郁的文艺
优雅的气质
幸福的光芒

成熟

成熟映射在脸上
是萤火虫
它有断断续续的光
冬日里太需要这样的温暖了
成熟不是被磨去棱角的圆桌
它不会轻易暴露自己的才华
成熟不是变得世故，而是更加靠近
真实的生命
成熟是无须声张的稳重与大气
是洗尽铅华的从容与安宁
是抚平浮躁的静雅与祥和
或者是
因势利导就地取材的主动作为
任其自然随意而安的有趣生活
处江湖之远无怨无忧
居庙堂之位不骄不奢
每当独处遐想时
我都会心生感慨
这个世界，无论怎样变幻
都会发出独特的声音
这些来自身体的信号
容易留在血液里

出发

出发之前
我要说出从未说出的秘密
我喜欢乡愁里的自己
奔跑时略带一点高冷

回不去的故土和记忆，这里就是我的家
各有各的张力，根本无需理由
出发吧，我的理想

去各大城市，各大景区
北京天安门，天坛与长城
西安兵马俑，黄山与庐山
感受不一样的人文情怀
感受不一样的人间烟火

出发吧
当然，也有不少旅游达人
国内游，国外游，游遍全世界
游遍山间溪水
江河湖海，高山流水
雪顶之上，深山老林

幽深峡谷，狭窄古巷，繁华大街
感受不一样的人间情怀
迸发不一样的激情澎湃

出发吧
不管你身在何方
无论是留守的，游玩的
还是故园探亲的
带上家人出发吧
白天看看家乡变幻风景如画
晚上带着疲惫感
与父母妻孩团团圆圆
赏月，吃月饼，说说知心话

出发吧
携手游玩山水之间
记录一段美好时光
感受爱情的甜蜜
也是摆酒欢庆喜结连理的最佳时间
亲朋好友齐祝福
嫦娥玉兔来恭贺
吴刚捧上桂花酒
憧憬未来美好生活
出发吧

相信未来

佛学没有尽头
草原也是
只有当你抬头望天的时候
才能看见天涯
才能领略到身旁的风景有多美

脚下的路也有佛学
每个人都有
我们的生活有很多块石头组成
苔藓，蚂蚁，鸟雀
还有辽阔的未来
它们都来自佛学

我最熟悉的土地里
有我的理想

秋风

秋风会说话，开创了自己的国度
泥土上有许多昆虫
正在行走天涯
看得出来，他们有远大的理想和
高尚的志向

秋风
带着清凉
带着黄金
赶走了夏日
剩下一些陌生的脚印

我在秋风中沉思
在沉思中前行
在前行中求索
在求索中超越

星火

乡下有漫长的夜晚
我有说不尽的故事
夜的长度依旧在不断蔓延
茫茫大地，总有突如其来
的琐事钻进我们的身体里
那些无名的火苗
像导火索
可以烧毁一整座森林

在我的乡下
除了爹娘，还有那片土地
上的草原
火苗

微笑的眼睛

微笑的眼睛
容易看见更美的风景
简单的心境是通往佛
的必经之路
拥有快乐的心情
成为自己的太阳与月亮
无需凭借任何人的光芒

第三章 心弦

心弦

心弦，与人与事与物和睦相牵
意味着对外在世界的相容
也意味着内在世界开放
相处相联如此艺术
宽厚多恕，仁慈以沫
是健康品质和高尚素质的一根弦

家

如果你是小草
家就是地
如果你是小鸟
家就是天
如果你是一条鱼
家就是江河湖海
如果你是一只狼
家就是你飞跃驰骋的战场

家
是你出征的起点
是你休憩的驿站
是你勇往直前的后盾
是你魂牵梦萦的心田
离开了身，离不了心
家是你永远的港湾

国是海外游子的家
家是心中永远的根
即便像带刺的玫瑰
只为你时刻保持警醒

透过迷人的表象看清世界
锦上添花固然出彩
雪中送炭
却唤起人间那春天般的爱

随想

煦暖的阳光
照在慵懒的身子上
望一望湛蓝的天空
无一丝云彩
小鸟在树丛间
低飞跳跃欢笑
眯着眼
与来来去去的小区邻居
打着招呼
比平常看见多一些年轻人
我依旧斜靠在椅子上
无绪，似一件空壳

一年轻少妇牵着孩子
在追两只白色小蝴蝶
我想起了在千里开外的老母
头发全白了
老父亲在完成使命后
去年这个时候
已长眠于红土绿树下
病魔啊

是你让我见不着老母
无法陪伴过年
是你让我心灵无处安放呀
才如此空落落
你这诛心的贼
让我无心赏花咏梅

不是所有的回忆都悲摧

高铁北上
驰骋天地间
一路风景如梦
新村袅袅炊烟
常居东江尾
溯源安远三百山
碧绿菜畦
交错金色于农田
油菜花香满乡间
久违独自今北还
思绪万千

二十多年前的今天
初生牛犊不怕虎
着红衣，穿布鞋
乘着破班车
独自闯岭南
只身手拿剪报集
里面满满是发表过的文章诗篇
数百里山路，云与月
翻高山，过河滩

从赣南到东莞
不说千山万水走遍
过南岭
爬坡越坎九十九道弯
一双鞋能走多远
大海啊，大海
我来了
勇闯天涯不畏难

知历史
虎门销烟真有名
乍一看
当年千强镇
第一名非虚传
人来人往，红红火火
南派服装设计制造商贸“一条龙”
我的第一站
全镇人口超百万

珠三角，转一圈
东瞧瞧，西看看
生机勃勃，熙熙攘攘
惠深广佛珠江中统统走个遍
人杰地灵，四季如春
立于广深核心间

台风绕着走，皆称好风水
最爱是东莞
坚韧不屈，开枝散叶
良师教诲，益友解难
倾心耕耘

二十年，弹指一挥间
时光流逝年少不再有
虽无惊天动地之作为
却全程参与城市建设
“一城二创五争先”
“一年一大步，五年见新城”
铸就东莞美好的昨天今天和明天
处处桃李芬芳
而我心依旧是少年
落地生根，此身已无憾

躺在床上看日出

呼吸着山野的空气
倾听着悦耳的鸟声
微眯着眼睑
在飘香中
躺在床上等日出

透过高大的杉树，看到了
万道金光从窗户跑进来照在我脸上
那温馨瞬间溢满人间
这不是梦
是上天的恩宠

难得

有些符号还在，但时间
去了遥远的地方
生命如此细腻
屋前的水牛一旦走远
便再也找不回来

在一口井里，拨开水中的月亮
不远处传来无名花香
那是没有记忆的植物
发出的香味

修炼

不要奢望能用苍白的语言去改变一个人
只有当自己修炼到浑身充满正能量
自带光芒

踏实去践行
朝着举案齐眉、琴瑟和鸣的理想境界修炼
才会有意想不到的荣光

以雨水名义向青春致意

青春是什么
每个人的答案不同
正如我问你水是什么
你犹豫或者沉思，都说明答案的
多种可能性

雨水降落在泥土里
可以养活一座青春
我们太熟悉自己的过去
每个窟窿里放了哪些甜食
都一清二楚

青春未必找不到出口
叛逆者写了一封书信
她在自己的掌心
写下他的誓言
和诗歌

思考

母亲说
我为观音而来
出生三天不吃奶，是个怪胎
当我奄奄一息时
门口那棵樟树发出声音
几只百灵鸟在交替唱歌
它们的语言
我无法破译

母亲说
那棵樟树里有我的魂
我追着昨日的记忆
一直寻找着
探索着
或许，这些都是无意义
的假设和分析
我只要不停下来
你们找不到我

我的天空只剩下
思考

青葱大地

在这个世上
夜晚从未离开过我们的身体
来之前从不打招呼
月光铺满大地
三五友人一起举杯
只为饮杯中的月亮

在大地上饮酒，也是一种祭奠
春天里适合
围坐在院子里
谈论一个英雄

时间的骨头

晴空蔚蓝，飘飘白云
骄阳下的大中午
绿树羞涩地低着头
时不时瞟一眼天公
呵护着树下躲阴午睡的小花小草
轻轻地叹了口气
该来的还是准时来了
夏天呐

就是这样子的
乌云乍起
雷公轰鸣，雷母闪烁
大雨点就啪啪地砸下来
尘土溅射
绿树打个抖擞，招呼着小花小草
鸟雀四飞，呼朋引伴
鹰击苍穹长啸，遂知鸿鹄之志

木棉

春风徐来
英雄的木棉花
美丽异木棉花
你们是姊妹花
红艳艳，满树绽放
等不及绿叶陪衬
英雄儿女，红色基因

曾记否
南粤大地
东江纵队，红色琼崖
广州暴动
那刑场上的婚礼
那黄花岗七十二烈士
多少英烈鲜血，染红了英雄的木棉花

送走了春，迎来了夏
木棉树依然高大挺拔
褪下红艳的春装
披上绿色的衣裳
大红花团簇成满树木棉洁白

当初一颗红心献给建党建国
今天为党的建设事业无私情怀
纯洁无瑕

初夏，那一树洁白的木棉哟
那一树木棉的洁白
你是战火纷飞的坚强战士吗
一个华丽转身
成为祖国的建设者
乡村振兴，科技创新
蛟龙出海，鹰击长空
英雄的中华儿女
一样的朴实无华

鱼

海明威的海
是辽阔的，同时也是简洁的
生命可以简单到一片绿叶
生命可以复杂到一座山脉
钱钟书的围城，并不单单是哲学
它更是真实的生活
我总在生活的背后
为理想呐喊

马可波罗的探险游记
写出了生命的真谛
人世间的悲悯情怀
海上可以风云变幻
但真理不会沉没
真相也不会沉没

阅读是大海
它可以联通外界与内心
让人类的灵魂找到风帆

观音绿

六月夏日如火，荔枝上市
线上线下，热潮涌动
往年只闻“观音绿”之威名
一两百元一斤
无论大年小年
年年如斯
垂涎三尺而无处拥吻

今年有幸以诗颂荔枝
特别赏品名扬海内外的“观音绿”
激动而无以言表
第一站樟木头石壁村
早起的雾与露水已干
阳光普照着百年荔枝林
先于我们光临的
还不止花枝招展的汉服姑娘
铿锵震耳的鼓声钹音宣示
闻名遐迩的非遗“麒麟舞”团队已就

婆娑斑斓荔枝树下，人头攒动
“观音绿”在树枝上打秋千
悠哉悠哉的，等着拍卖师一锤定音
谁不想嫁入一户好人家呢
当脱下绿衣裳

那如玉的白洁，那似水的嫩滑

主人的啧啧啧称赞和贪婪
把一生成长的苦与乐
与今日的甘甜与白嫩
似灵与肉融为一体
激发了诗人们超越想象的情怀

第二站樟木头裕丰社区
日头更猛，热情不减
网红围观，锣鼓喧天
十八般才艺轮番
甜蜜的“观音绿”呀
搭桥媒介与网红
密切党员与群众
忙前顾后志愿者啊
汗水湿透的不是你们的衣裳
是那乡村振兴的情
才牵动如此多诗人的心

做人如草，踏实就好
风来，刮不倒
雨来，淋不跑
赏品荔枝，适合就好
桂味、糯米糍，东莞好味道
当“观音绿”来时
仙女穿上绿羽裳
就这样，让我着迷了

我

没有人说得清楚
关于太阳的作息习惯
关于神学的来龙去脉
我们看见的月亮，它有阴晴圆缺
我们的生命也有
春夏秋冬

重复练习生命的意义
时间久了
就会变重

生命的意义也将被
重新定义

家的味道

家，不只是一个名词
它更是一个民族的海

我在族谱上查找案例
关于家的典故

家离我们很近
它只有一颗心的距离
我们的手随时
可以摸到河流

那是家的源流

长大

春天来了
小雨亲吻大地
对草尖儿诉说着爱意
那些没来得及撤离的鸟雀
此刻正在大地上
低飞

春天来了
桃花、杏花、李花次第盛开
跟随春天一起来的
还有一个神仙
他可以把河流抓起
把大山扛在肩膀上
我说的这个神仙
他一直住在童年

命运

命运有自己的河流，山脉，小溪
它生长在三维世界的密林深处
暴雨来临之前
蚂蚁会一起行动，将家搬到高地
躲避雨水侵袭

蚂蚁从不喊口号
在它们的精神世界里
命运都掌握在自己手里
纵然大象来袭
也挡不住未来

教师

写教师的诗歌实在太多
园丁如水
每一滴都饱含了爱与光
写教师，应该写一些被时间
遗忘的小路，桥梁，大雨
在那些迷惘的环境里
可以感受灵魂的力量

写教师，最好不要喊口号
曾经的粉笔与白发混合
让学生的眼睛无法分辨
谁是真的银丝

写教师，就应该写一些
我们平时不知道的事情
例如他们的爱

时光

有些东西没有答案
例如世界的起源
时光也是一样，在遥远的过去
地球的存在也没有答案
一切都没有答案

世界上可能存在了几百亿年
地球几经繁衍了数十亿年
人类只是初来乍到

短暂的五千年
我们走着，跳着，也微笑，也哭泣
看时光一去不返，任悲欢离合无可抑制

即便如此，作为世界的匆匆过客
我们弥足珍贵的生命
却无比幸运见证了太多瞬间

它们悲恸，它们潸然，它们平凡
却积攒着改变生命的力量
让你泪奔注视，然后肃然起敬

它来去匆匆，它酸甜苦辣
让你拥有的却是谁也复制不了的多彩人生
现在的每一天，都让余生无上辉煌
生命丰富而无常
这大概就是给我们热爱生命的理由
只因跌宕起伏，不谈来日方长

知己

百花盛开，没有什么可以
成为春天的绊脚石
心若盛开，一切都不重要
河畔，草木，池塘，蛙鸣
这些都是我的
知己

春天的样子

春天长满胡须
它呼吸的样子
像极了一碗粥
我不想再等了，我要亲手抓住
这些活蹦乱跳的
种子
不必等
珍惜当下
该来的终究走不掉
一辈子其实不长
一场酒局终须散
人生没有如果
过去的，将来的
都会是最好的安排

灯光

把眼睛闭上，依旧能看见灯光
这是身体与外物对抗产生的意念
生活中需要这样的融合
灯光下，我看见了自己
红色的脸颊

灯光里
我终于看见
海平面悄无声息地升起
而后，又消失在朦胧的
世界里

依稀记得
老屋门前的草坪上
平躺着一杆秤
那是先辈留下来的
光明

这些年，纵然走遍千山万水
历尽万千繁华
我终究要回到
竹篱茅舍之中

幸福

选择在秋天望月
看天空的意象一点点
从柳树上滴下来
我认为，这就是幸福

失意时，莫要贬低万物
谷底有鲜花
只要耐得住寂寞
田园都是画做的

得意时
经得住浮华
谨言慎行，山脉之巅
可以找到雪

心怀赤子之心
勿忘昨日的挣扎与辛酸
春天，拼搏从未停止

前方

前方没有终点，永远没有
这就是人类的宿命
我们赶走世上的鸟
树木回到少年
一切归于平静

大地累了
时间停下脚步，我们席地而坐
阳光把地上的芦苇
点燃，夜晚就亮了

不一样的眼睛

你的眼睛里有哲学
漫画，西方艺术，古典主义思想
我看你的时候
秋天刚好结满果实
梨树迎着晚风，微微颤动着枝干
所有人都把目光集中在你的身上
这样的时间多么真

这是我儿时记忆中的岁月
那年，我在星星底下歌唱
忘掉所有的悲伤
一个劲地奔跑着

在离家门口不远处
有一双熟悉的眼睛
望着我

方言

某个夏日的夜晚
和一位哲学家谈论某个地方的方言
我想到了中国西北地区的沙漠和狼
冬天里也有茂盛
的野花做伴

我没有去过远方，对西北的印象
仅仅停留在书本之中
刀客或者风沙
到底谁更迅猛

在我的生命记忆中
同样的文字，不同的方言
映射如此长时间的光与影
在广袤无垠的原野上
一起把春夏秋天尝尽

我热爱生活的本质
我热爱时光的永恒
只要有思想和追求的地方
就会受到朝觐
不为什么，就为了承继绵远与悠长
钟声和经脉

梦

梦具有传染性，它可以从
一个故事串到另一个故事
梦是科学解释不了的空间
在梦里，我不是我
我否定了现实主义

我时常在梦里遇见原始森林
世上最毒的蛇，两条腿的狼
还有比大象重的蜘蛛
这些在现实中找不到的生命
经常出现在我的梦里

小时候，我还梦见自己变成
长有翅膀的水牛
我在田垄上飞翔
父亲在田里耕种

人

人从浩瀚中来
走向无名之地
古时候的人类
留下遗址，在石头上留下记忆
人的故事在石头上
展开，并破茧成蝶

人
种植善良，种植格言，种植理想
种植与大地有关的中性词
等这一切熟了
我再来树底下
寻找人生格言

人
是一道高贵的选择题
人在一个地方待久了
会感到孤独，甚至有一种
不确定性

人
应该从骨子里向善
热爱美好事物
把细节捡起来
让快乐住进来

有些事

有些事放在心里，永远不说出来
它会发酵，裂变
甚至会长出绿叶

有些事
不能说也不能做，不能忘
夏虫也常想去滑雪

有些事
不必说却不能不想，天空也沉默
青山处处埋忠骨

一声干杯
让所有的一言难尽，都一饮而尽
涓涓山涧绕柔入海

让风带去
鲜花的祝愿，骤雨的决心
让此生无悔无怨

第四章 心勉

心勉

人生旅程
不可能一帆风顺
坎坷、曲折难以避免
快乐的心境，乐观的精神
才能够获得战胜困难的勇气
坦然地面对困难的挑战
笑对人生，化忧为乐
心勉，发自内心的勉励
带来健康与幸福

大自然的声音

大自然的声音
可以比针细，它可以让听觉
达到极限
我们所认知的世界的极限
远比现实辽阔
大自然的声音，离心脏还有
一段漫长的距离
冬天到了
蛇忍不住躲进洞穴
它要在寒冷的冬季
睡上一觉

对于蛇来说，冬天太漫长了
蛇代替时间长眠大地
这纷繁的世界太需要
草木重生来证明生命
的重要性

繁花

百花盛开，我并没有离开过
这片温暖的土地
河流的对面，杨梅树上有你留下的
印痕。我把这种印痕理解成
我们青春的证据

我拄着拐杖等你
从铁轨深处走来
像映山红一样，把我们家乡的山脉
变成红色海洋
傍晚时分，杜鹃开始唱歌
布谷鸟伴唱，一会儿远一会儿近
把整座山脉连成一片

山

我看见的山
内心辽阔，月亮是透明的戒指
人间复杂而唯美
肉眼看到的夕阳
也许是一个湖泊
它们离山脚还有一段距离

生活是一本词典
猫吃掉夜晚的敏锐和多疑
昆虫从不停止鸣叫
这就是他们的秘密

懒猫之于老鼠、懒虫之于苍穹
理想丰满却难以选定
目标随波逐流
生活如此人生亦如此

仰山而停步
游移不定只会让你前功尽弃
每当我们翻越一座山头
都是对自己的一种救赎

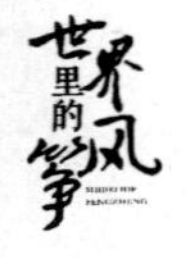

梦想

春天适合种植理想
在泥土里施肥，浇水
小草会长成参天大树
纵然遭遇狂风暴雨
也要不断努力生长

对于一个人来说
命运是一道哲学题
没有谁一生下来就站在山巅
没有谁一生下来就沉入湖底
青春年少时的梦想
无非是走马观花，寻求欢喜
长大后才发现
梦想是一袋多么沉重的泥沙
我时常把梦想
放在秋天上色

南方的冬日

南方的冬日
总是犹豫不决，像一匹白龙马
漫步在雾蒙蒙的石拱桥上
南方的冬日，鲜花与黄叶竞艳
绿意仍然主宰着群山和田园

北国之冬已步履匆匆
雪，迷蒙了山川河流
静谧了时光岁月

好想带上爱人和脐橙到北方去看雪
一起蹭点浪漫和诗意吧
似脐橙酸酸甜甜，隽永回味

就像雪，总有一场是属于你的
爱情与爱人也一样
不经意间
春暖花开
悄然而来

人间烟火

只有远行过的风筝
方知天空辽阔
少年手中的线，是世上最美的烟火
质朴中夹杂着
对生命的向往

年少不识烟火味
河流里的鱼，驮着自由和理想
向大海深处游走

这一切都是此刻
遇见的人间烟火

赣深高铁

路是大自然献给人类的礼物
那年春天，赣深高铁呼啸而来
我的身后，是安远三百山
快速后撤的杉树林
赣深高铁之下，我看见许多
熟悉的面孔
他们在向这个时代的列车招手
我回头看了看
安远人笑了，路也笑了
我跟着也笑了

天空与大海

天空与大海
两个维度，却具有相同的辽阔
两个世界的极限美
若有的时候
你的情绪无法排解
那就躺在草地上仰望天空吧
它那么大
一定可以
包容你所有好的坏的情绪

或者你去海边
朝着天海一色之苍穹
吼叫吧
海风像母亲的手抚摸着你
或者可以
沉静你的焦躁宽阔你的胸怀

人生与茶

茶，是哲学留给大地
的一种念想
茶长在树上，吸收天地甘露
等待与水的结合
并形成全新的爱

人生
便是煮茶
搓晒炒焙，反复煮沸
才能逼出内在的韵味
只有反复烹煮人生的意义
茶水便会流出来

荷之道

荷，在抵达夏日之前
并不知道什么是高贵
漫长的冬日
无限的沉默
荷的骨头埋在淤泥里
时不时散发着烟火味

荷的性格真诚
从不挑三拣四
严冬面前，恪守本分
守护着一方水土

荷的一生坚韧
含苞，绽放，凋零，结子
为明年的荷塘
种下新的希望

小草

大千世界里，我们看见的生命
实在是太有限
一年有四季
月有阴晴圆缺
黄昏有彩霞，黎明有日出
站在高山上，俯瞰山脚下的
万物苍生
它们像小草，分布在大地上
相对于天空
人也是小草

新农村

还是那片土地
还是那阵乡音
我走在水泥大道上
听河流发出浑厚的声音
三十年河东，三十年河西
今天的我再次站在小河边
昔日的乌篷船不见了
替代它的是水泥大桥
黄昏来临，晚霞照在
农村别墅的外墙上
给人一种暖洋洋的滋味
冬日的太阳
在田间地头
疯跑

命运的天平

命运的天平是一门佛学
读到一半的时候
会忘记另一半
假如上天给了你一张丑脸
一个矮矮的身高
说不定会给你智慧来平衡
就如人总爱犯贱
得到的不当回事，没有得到的总是想要

如果世上有用钱办不到的事情
那不是事情，肯定是人情
否则加钱一定可以办到
生活中根本就没有什么高冷的人
只不过人家暖的不是你
冰雪融化之时定是鲜花盛开之日

一天天匆匆而过
有没回头看看，停下想想
梦想是不是更远了
没有人能预测未来
却总有人后悔当初

人生从来没有如果

没有物质的充实，哪来内心的宁静
谨记，生活不是段子
很多人却本末倒置了
就像
爱笑的女生运气不会太差
如果一个女生运气一直不好
她又怎么笑得出来

李花铺雪

冬日的那坛酒埋得太久
以至于春天等不及
枝头探出了院墙
像是在等待一个人

我不知道
是谁向大地发出第一个信号
梨花，李花，桃花
没有确切的证据，不敢乱猜
春姑娘来得如此迅猛
柳芽成串、紫荆蔟火、李花铺雪、木棉喋血……
一夜间
繁花烂漫，大幕已换
春天
正在大地上
发表自己的言论

大雁

年少时，总忍不住
抬头看天，天上有一字排开的大雁
它们尽情翱翔
像天上的神仙
小时候无法理解大雁
长大后，大雁南归
我也跟着回到故乡
春节临近，多少人和天上的大雁
一起踏上归程
他们千里迢迢
不畏千山万水
只为回到熟悉的土地上
那一刻地上的人
也是大雁

破晓

每当黎明到来的时候
大地上总会发出光芒
天亮了
沉睡一晚的时间正在
慢慢苏醒
在我的乡下
公鸡打鸣，一阵高过一阵
春天来临
我喜欢在梧桐树下
听破晓的声音

心中那山

山是大地上的君子兰
我们穷其一生
都在朝着这盆植物
鞠躬朝拜

我心中的山，应该具有一种
独特的风骨
它可以不雄浑，但不能没有
山神的灵魂

我心中的山，长在信仰之上
它是夜晚的星光
引领我们走出迷惘

有些人

有些人，从不说出真相
那样的世界
是平和的

有些人，离开了故土
心灵还是长满泥土
因为在他看来
自己就是从泥土里
长出的果实

有些人，把理想看的
比生命还要重
青春易逝，天上的鸟雀
只是天空记忆的一部分
而理想
却能让一个迷路的人
找到故乡

中国红

乡野四周，枯萎的草木把
冬日演绎得十分逼真
或者说
只有真正的枯败
才能把冬日的灵魂激活
是的，落叶乔木必须在
真正的冬日来临之前
做好准备
当凌厉的北风在广袤的大地上
发出狮子般的吼声时
冬日才算真的有了魂
年关打破了冬日的沉寂
生灵一下子活跃起来
爆竹声，锣鼓声
河流声，孩童声
这些喜庆的元素
都代表了中国红

风

小时候，我喜欢看稻壳在旋风里
疯狂飞舞
那是自由
风的自由来源于天空的辽阔
大地之上
草木是自由的，冬日里的雪是自由的
长眠于河底的石头是自由的
祖父手中的弹弓是自由的
长大后，我离开了那片生养我的土地
无论我走得多远
我的心里都有一根线
那根线
很长
很长

春草

春天来得缓慢
很多小生命躲在田野里按兵不动
它们似乎在等一个时机
又或者不是

在我的故乡，好的草地
总是会留给懂事的母牛
我喜欢听春草在春天里
发出的断裂声

长大以后，我还是喜欢
绿油油的春草
每当看见它们
我都会想起美好的春天
我的少年时光

奋斗者

奋斗者不是唱出来的
没有与时间搏斗过的人
他岂能理解生命的华章
多很时候
我们想的太多，说的太多
做的却太少
语言巨人与行动矮子常有
良机时常白白从手边溜走
行动起来吧，我的兄弟
自由奋斗者，才能遇见黎明的艳阳

渔夫出海前
并不知道鱼儿在哪儿
可他们毅然整装出发
因为他们晓得
到深海去吧，才有满载而归的可能

年轻人行动起来吧
何必去想先成家还是立业呢
遇良人则先成家，遇贵人亦可先立业
幸福的人生从来都不是空想出来的

奋斗吧，努力奋斗，是唯一的捷径
在我们的内心世界
自由是一盏明灯，奋斗是一座山脉

春天

春天离我们如此之近
春天离我们如此之远
关于春天的性格
我们知道的太少

草木有自己的姓氏
宗族，它们来自神秘的家园
春暖花开的时候，河流上岸
爬到柳树上做记号
它们不会伤害庄稼
只在大地上种下魂

惊蛰

惊蛰张开翅膀
在东江上空自由翱翔
是谁
按下初春的启动键
寒冬一去不复返
冰雪融化，大地回春
春光明媚，生机盎然。
一派温暖的阳光洒满大地母亲怀抱

初春，跳跃着
我的心开着嫩绿的芽，活蹦乱跳着
枝丫慢慢地长着、翠绿着、鲜活而清盈着
花骨朵突突咧嘴嬉笑
迎来初春的生机勃勃
多么温暖的时光啊
在生活的背面，总有美好的事物在
跳跃，它们迸发出雪一样的
思想

初春，正在建造一座城市的理想
树梢上，花开着它的淳朴和炙热

花非花

灵魂深处
肉眼看到的并非都是花
还有草木，又或者田野
其实，我们看到真是花
有的以为是花
可偏偏不是花

犹如明明看到的不是我
人家却说是真的我
而原本的我，早已变成
新的意象

有人说，满头银发的不是我
少年那个我
停留在昨天

第五章 心书

心书

面对夜深人静的空旷，心里总想
当我一个人挥别人间
是否该为人类书写一些文字
记忆山川河流，人情趣事，内心感怀

将来我不在之后的日子里
即使不总是打动人心
或许被古老的时空不时记起
那些大海、大地没有磨灭的痕迹

心书（组诗）

一

面对夜深人静的空旷，心里总想
当我一个人挥别人间
是否该为人类书写一些文字
记忆山川河流，人情趣事

将来我不在之后的日子里
即使不总是打动人心
或许被古老的时空不时记起
那些大海、大地没有磨灭的痕迹

文字是慢生活的历史
她不是为了使我们生活得更快，而是为了
让有趣的生活不至于停止
使浪漫的爱情有终有始

文字是自己的孩子
像一颗原子弹，不一定要发射
但关键时需拿得出，不可小觑于世
徜徉恣肆于世界文化遗址

二

无论生活如何虐你或爱你
我始终待生活如拍拖的起始
因为你始终无法逃离，何必自讨没趣
兵来将挡水来土掩而已

爱与恨是双胞胎，双星子
因爱或恨一个人，均自视对方诗化的那一刻起
任风云突变，依然浪漫迷离
云卷云舒，诱惑苍茫寥廓大地

感情总发生在不知不觉之际
无须模仿与刻意
像春暖花开，劳燕分飞
似秋风乍起，果熟落蒂

当我们见面产生电击般的诗情画意
那感情就不仅是感情
天下何愁无知己
这是可以炫耀得花痴般的歇斯底里

三

“美”到底该如何界定
当星光一闪的瞬间，两个不同时代
跨越岁月时突然的相遇
曾见否，秦琼战关公，李白会屈子

美，将编年体废除
却对空间的特别加持
唐诗宋词，旗袍汉服
超越四维的正负极引力

彼此间靠近而拥抱的一瞬间
之所以醉人，那是心与心的最短距离
是最美昙花的盛开惊艳
是朱颜滴血花满枝

美的最高境界，不外乎
重复青春的渴望与给予
收获幸福的趣味与意义
让心的清静而温馨不再奢侈

四

长大后我才知，最戳心的一件事
其实是不想长大
因为人生的痛苦无法回避
生活的历练已开动机器

这是一个流行离开却都不擅长告别的相遇
根本无从选择，无法躲避
白云与蓝天，狂风与暴雨
走着走着，消散在茫茫人世

因为，人无法从八十岁活起

心只得一直去探索，此生无法预知
既不能拿它在来生光临之前予以修正
也不能跟前世并论相比

我只得抛去不安和怀疑
把自己交给他人或上天
让一切人和事物去评判
坦荡地接受赞扬或致疑

在这个把一切都可说得沸沸扬扬的世界里
传播是最容易动用而又是最致命的武器
当你迷茫时，哲者透露给我一个秘密
谨言慎语，一直往前，往前奔驰

五

坚韧刚强不需要理由
假如一旦沉沦于自身的软弱，便会一直软弱下去
假如在众人的目光下倒在街头，倒在地上
便会沦落为：比地面还更低

无须因失落而无所事事
工作与事业需要一种永恒而沉重的努力
定位自己，丰富自我，不致迷失
也无须厌倦，永远凭行动力朝着目标全力冲刺

即使常常痛感生活的艰辛与压力
即使无数次目睹生命在各种重压下的扭曲与变异

狼烟四起时，依然保持最真切的渴望与志气
让不经意间遗漏恐惧，去追求焕发青春般的日子

六

有一种欲望是天生的
总在理解之前，去评判生怕别人不知的建议
与夏虫语冰一样难以遏制
总是忘记初心的狂妄与无知

寻根和回归
或许是不负生命之轻的一种修正和反思
或许只是带给我们挖掘人生价值的重要议题
或许也只是花开心动与香飘四季的别离

不外乎在人生的旅途中负重前行
而负担越重，我们的生命就越贴近大地
就能磨炼出一身在泥淖中摸爬滚打的能力
最终活成最强盛影像的生命记忆

蚂蚁搬家，千军万马，只为一个安全的高地
砥砺奋进，努力，努力，再努力

一朵迎春花的妄念

我用智性抵御着自然的侵蚀
俨若风化的石头与土城

一朵迎春花的妄念
敷衍了整个春

从蝉鸣开始的沉默
经历夏至的夏天更加盛大勇猛

六月的梅雨至今龙舟水重重叠叠
没奈何，它们总是不约而同

你听，门外雨声潺潺
无意淹留的木屐声已踏踏千年浮沉

隔着青海湖依然清晰可见，三秋里
戈壁滩的清澈到清冷

却不能奢言比旁人更加懂得你的灵魂
只借一点点光暖一暖将要启航的远程

山脉

清明是一棵树，多少年了
隐居山林，吃自己的叶子
这是一个多么形象的比喻
我怀念我的父亲
我怀念我的山脉

时间每向前一秒
我的心就会颤抖
清明早已参透了人间悲喜
落叶如水
指缝如针

父亲的脚步，并未走过多少江山
秋天的枫叶
遮住我的脸
我再也说不出那些高亢的话
在一棵行将枯萎的草木面前
我眼含热泪
暗自思念着
我的老父亲

仲夏清晨

仲夏清晨，我喜欢
独自走在绿意盎然的田埂
享受清甜，又若有若无的拂面风
她尽是温柔，我也发尽情

我时而低头，欣赏
草尖上晓露的晶莹，伸手
抚摸一下正在灌浆的稻穗，欣赏
她的青涩而谦恭

我时而抬头，仰望
湛蓝的天空，找寻
云卷云舒的旷达愿景，搜寻
那搏击长空的老鹰

我时而近观远眺，戏嬉眼前
那一哄而起的禾雀，希冀遇上
锦鸡从禾苗里一飞冲天的矫健身影
这一切景象燕子都看在眼里

情满端午（组诗）

守着满城怀念，读你

月，有明有灭，时圆时缺
曾几时，夏风唤来，夜雨与青蛙
索性再丢些残羹剩菜，那会让聒噪的夜更破败

为何陡然折笔，君不见
星月何处躲雨，粽子年年香依旧
从此端午水的故事谁来书写，谁来拍砖天涯

千载荔枝红星满树，堪摘时，风雨却来
频频催问，龙舟何时并进齐发
只见非遗，传承屈公数千年家国情怀

我心炽热不息，夜不寐也不解甲
守着满城的怀念，读你
直至有一天，先生之风云蒸霞蔚天高海阔

待来年，五月初五
滚滚海峡为你戴花剪彩
龙舟不再竞渡，乘风东海畅饮诗酒茶

想说爱你不容易

雨的爱
多情少女般地变幻诡异
细细的，柔柔的，如雾，如烟，如谜
瓢泼的，急骤的，无情横扫苍茫大地
风是催化剂，或婀娜摇曳，或肆虐狼藉

遥想秋风的爱，应与往年不一
抚平水面的皱纹，荡起心里的涟漪
金黄的树叶来不及作秀，飞着给劳动者送去丰收的消息
却在空中，雨中，水中或草丛中染黄了别人的梦
不得不在时光的黄色记忆里，留下
一丝丝无奈，一抹抹牵挂，一缕缕情思

端午的爱，满满龙舟水的记忆
屈大夫的呼告与明志，几千年不忘不弃
品粽香，观龙舟竞渡，此时往往有场大雨
我看见浇透的不是衣裳，是一颗颗爱国之心的洗礼
不必说看透了命运，你只管用力生活，用力爱
或许我走得慢些，但我对祖国的爱和眷恋，从来一样坚毅

高山与流水的相遇相知
落花与四季的约定

似风懂得云的漂泊一样，无须追问归期
与晴雨，日月，山河，云雾，花鸟的整日缠绵
有太多太多的不忍分离
大地如此博大，想说爱你不容易

召唤

鸿雁，卸下你所有的牵挂
叫上知名和不知名的，都来华阳湖畔别吻
让夏风邀请白云蓝天一同护送
趟过千山万水，和爱着的亲戚友朋

萤火虫给灿烂的夜生活挂上灯笼
给渐老岁月送去，一缕缕
一丝丝温暖的心情
去准备个仪式吧，别了曾经青春的年轮

将所有的不快和委屈，所有的不如意，所有的爱与恨
都关进牢笼，独自反省
在一个风轻云淡的日子，归零
索性追随剩下的理想，天马行空

一页页不同的文字与图画代表不同的人生
诗中每一个字都代表坎坷或真情
是谁在南海彼岸大湾区里不停地召唤

你且乘龙舟唤风雨，高唱《九歌》与《天问》

与树修行

每挖一锄，都是我对泥土的一往情深
每一锨土，都是我还大自然的反哺之恩
多情的眉风丝雨啊，无法拾掇心情
我在围墙里栽下一棵罗汉松
许下我虔诚的心愿和修行

它从二亿多年前走来，与银杏共生
用最美的姿势，在风中一一造型
它呵护脚下的每一寸土地，与阳光滋美颜容
像妈妈年轻模样照亮我的心
七十多载风雨兼程，她依然质朴翡翠青春

从此，每年端午种下一棵树
让心中住着一个个牵挂
为活得更好增多了一个理由，一分憧憬
我该怎样用对大自然的爱
换取人间美好，留住心灵的清纯空明

端午，不能只写端午节

端午，我碰见东莞客家人

二十世纪六十年代枫树坝水库库区的移民
枫树坝，一个农田水利大建设的缩影
安远水、寻乌河相聚枫树坝，那是东江的母亲

端午，不能只写端午节
要写母亲，写母亲
和蔼、姣好的面容
动听、柔美的声音
哄你入睡的东江歌谣
牵着你小手的不舍与温存

端午，不能只写端午节
要写母亲，写母亲
要写“慈母手中线，游子身上衣”
要写母亲暮雪的两鬓
要写母亲饱经风霜的脸颊
岁月沧桑，风霜深染的年轮

还要写母亲风雨里为你撑伞，留下
深一脚、浅一脚的脚印
要写母亲盼你早点回家的焦急神情
病床前担忧守护你的每个时分
要写母亲的年夜饭、端午粽子和中秋月饼
的幸福和温馨

向往

躯壳在城里，心已挣脱牢笼飞向
东江源头，徜徉在上濂田野与大坝溪
绿山、清溪与茫茫稻田张开双臂，那是
上濂最美夏季

趁着七月的好天气，逃离
车马喧嚣城里，带上
中考完的儿子，回到那
生我养我的山里，陪伴老母欢度假期

白日在门前溪水中嬉闹
涓涓细流让我清心爽气
夜来于灿烂星空下发呆
任你自在闲逛天上的街市

天为蓝罗帐，地为绿毡子
蛙声虫鸣伴我入眠
作别城里匆忙和疲惫
享受久违的自然与惬意

村野寻芳

做了三十多载的城市子民
今又回归村野
与迁徙的蚁族回到洞穴一样
我从容呼吸，独享
属于我的空气

到乡村野外，找寻
那吻过我脸颊的桂花树
杂草也给挠痒痒，不在意
晚霞看上树旁那老屋
为何却羞红着脸抚摸着我的肌肤

那些年树下埋下的稻草
催发了多少枝叶与花色
小草愈加精神抖擞，宣讲
那乡村振兴的精彩故事
炫耀那新时代的良风美俗

从脚心到头颅，在这片稻田里滚瓜烂熟
我只溅起了水的涟漪，却聚不拢
东奔西走的云彩，夕阳

在夏日里踱来踱去，唯独
留下我，在这片田野里存储

时间都到哪儿去了
只因我对村野爱得太久太深太熟

父亲的挚爱

酒是父亲的挚爱
孩子也是父亲挚爱
父亲说
生活云淡风轻，需要酒来催化
而人生如乾坤，孩子如日月，都能装下
父爱，流水这般久长
每每风吹涟漪，就像你的手指
轻轻拂过我的心海

年少懵懂的我
不知生活的味道，不识酒的情怀
父亲说
生活就是柴米油盐酱醋茶，没有那么多浪漫
生活就是一壶酒，哪怕
每一杯酒里都盛满了母亲的絮叨
父亲总是默不作声，轻轻地
抿一小口，就两粒花生米咽下

深深的皱纹爬满父亲的额头，那是
日出而作日落而息的日历
父亲常常端着酒杯给孩子们讲故事
每每听到薛仁贵一箭定军山，我看到
您满眼的壮志未酬和坚定信念

一个故事一缕春风般地释然

脑海里忆起您与亲友对酌，总是
开怀畅饮笑声朗朗
您为我骄傲，说我是飞出山窝的金凤凰
酒后您总是那么开心
开心得像个孩子，又总是
恋恋不舍地目送亲友远去的背影

年轻人也难辞您的盛情邀请
喝下那一杯薄酒
向您投去感激敬佩的目光
一拨又一拨的后生络绎不绝来拜年
这是您一年最开心的时刻
您说，江山代有才人出，未来靠青年

您无惧生活的挑战，用酒仙的智谋一一化解
选择恶疫扑来之前，您挥了挥
尘扫飘然归去，像一片树叶
您的离开不是永恒，是换一种方式重生
去迎接那边的快意春天

哦！敬爱的父亲
清明的雨水与鲜花献上对您挚爱
也是我，对您无限的眷恋和深切思怀

红尘雨

我躺在老家正厅的摇椅上，雨一缕缕
钻进我的心窝，它亲吻着
门前屋后的花叶啧啧直响
情窦初开的恋人缠绵如此模样
时不时地嘀嗒，嘀嗒
恰似欢情过后草垛里私语窃窃

我坐在门前，雨丝密织
用瓦罐接来的雨水，煮茶细茗
品着红尘中的泪与汗
把所有心事镌刻在雨中
任雨滴拍打着地面泥土草丛

雨，请别在无眠的夜里哭泣
我使劲地敲打着键盘，怕忘记自己是谁
在一方屏幕上苦苦的找寻，那个曾经遗失的证人
一缕晚风轻轻滑进房中，轻笑
文字在雨中欢雀，风在红尘中裸奔

某一天，雨跟着我
寻一把粉色油纸伞，婀娜青旗袍

一条悠长的小巷

红红高跟鞋与青石地板碰出的清脆声，让我心

不住地颤抖，就在擦肩的一刹那

心与心蓦地拥抱一起

我无须再回首，雨已走，满天红

城里的稻子（组诗）

一

初夏，来东莞周屋，看城里的稻子
站在入口中央，远望
中间的绿稻是一块翡翠，周边镶嵌着工厂
一条笔直笔直的路灰红相间
灰的车行道，红的人行道，两边花草嘉树

我看这片碧玉稻秧，似城里绿色的眼
想想它们，是如何看穿
这个季节整天与阳光交配的成果
悄悄与水，风，露反复商量的秘密

稻穗如何从禾苗中间揭竿而起
不断上妆上色、丰满变靓的模样
它们散发的青的味道
消磨了多少城里的少男少女成长的时光

麻雀总是大惊小怪，群落群飞，不顾羽毛挂在电线上
忽又用欢快深情的舞姿吸引我的目光
顺着它们影踪，不经意间

我已步步亲近稻秧，青蛙跳跃出少时的乖张

二

我看见父亲在不远处坐着
电线杆下，田埂上
一边卷旱烟，一边看着稻秧
深深的向上吐一口烟后，拿起草帽扇着风光

天，地，人都出奇地静，我也不语不动
不打扰，也不影响自由地呼吸
一伙麻雀冲天而散，叽叽喳喳响
一转眼，不见了父亲的模样

在老家，顺着稻秧的长势，我能
估摸到村里的温度，收割的希望
今日站在这城市稻田边，我的手
不由自主地伸了上去，挑起稻穗细致揣想

这些付出青春、结出黄澄澄稻谷的作物啊
喂养大了我和你，奉献全人类、动物们的食粮
我又不敢用力地亲吻，怕一不小心
留下一潭莫名感慨的泪水汪汪

三

我在北岸“村史馆”看见镰刀

和它的弟兄们田铲，锄，犁，耙一起
它们或靠或挂在墙上，成了纯粹的展览品
此时热烘烘的六月，已唤不起它们的激情

在溪头“村史管”再次看见它们，而我
却像看见了失散多年的亲人
一步步地，走近它们；一遍遍地，摸着它们
就像和久别的兄弟握手，拥吻

一股温暖，一种亲切，一缕馨香
炊烟一样，从心底袅袅升起
和着风，在头顶萦绕
迎着阳光，在心中燃烧

我知道，我相信，只有镰刀
只有镰刀和它的兄弟们
一定还记录着人类的悲喜
一直还保留着大地的体温

四

起身回家的瞬间，我想
我想抱住这一片，又一片
已经起身抽穗的禾苗
把它们抱在怀里
学着父亲的样子，慢慢用手拂去

拂去冬天留在它们心里的阴影
让它们在这个季节，茁壮成长

许多精灵都跑了出来透气，草蜢、螳螂是先锋
站在叶子上，东张西望
一些阳光，一些水，一些农谚
次第走出，伸一伸，拍一拍翅膀
起身的稻秧，平平静静地向我张望

夏虫、夏蝉与蛙和鸣，都在种植
一些属于自己的东西
譬如品格，譬如尊严，譬如幸福
它们和稻秧一样，朴素地生长，成熟
怀孕的稻秧压得低下了头，它们沉默着
像即将临盆的女人，孕育稻穗
咬着牙，咬着期待，咬着喜悦

太阳，还在慢悠悠地走着
还在我头上歌唱
包括一些诗，一些画，一些映像
在我身边，在稻田间，追着麻雀，夏日落下时
时而啪啪作响，时而悠扬

五

老家的端午节没有龙舟赛

粽子，却特别特别香
渍坑父亲坟上的不知名野花，早已
悄悄地谢了又开
村前村后，村里村外，野树野草和野花
到处野蛮生长，盛放

镰刀，田铲，锄头，烫板们或蹲在墙角
或与犁，耙，禾滚，钉耙们一样躺着晒太阳
母亲不忍看村史馆展览的这些朋友
她常坐在灶前，殷勤地将稻草
连同我体内的火种轻轻点着灶膛，她说
儿在，内心一片通亮

门前一派翠绿茫茫，周边群山环绕
是谁，安装了数万亩天然粮仓
十大姓的古庙，上千年的风水林
与客家围红军的故事一同传唱

我看见乡村振兴走进最美上濂田园
这里的稻子还是原来模样，我看见
六月的花在这锈红的耙齿之间浪漫地开放

活来活去

一会儿，狂风骤雨
这会儿，又阳光灿烂
夏天用尽最后一股气力
彰显他的率性与多变

用热烈、滚烫、沸腾的太上老君炼丹炉
去挑战着每一个物种承受的极限
会动的都低调躲起来婉拒了阳光，藏起了绚烂

不会动的也不敢硬刚着烈日，小草
低着头耷拉着叶片
拼尽全力，只为不至于在生命竞技中落选
她明白，只有活着才有机会再次挺直腰杆

有了水，才有与炎热对峙的本钱
根扎得深的大树从容不惊
任烈日炙烤日子燃烧，依旧守候夏的浪漫
挡住了光，招来了风，给有情人一片凉善

活来活去，只为美好的愿望可以实现

装饰

绕着青山的碧水，似上好的翡翠镯
薄雾给她披上少女的轻纱
像用温柔的小手捂住眼前小山的眼
天使般静怡可爱

青山沉醉在白雾
翠竹梢叶嫩似鹅黄，像吹弹可破的小丫头
绿叶掩不住橘子的红黄，黄桃与酥梨树
任鸟儿叽叽喳喳跳跃狂舞

白鹭依偎着山间绿树休憩
湖中那小岛瞬间白了头
水杉黄了，一只鸿雁掠过水面
无声无息，我晓得了轻如鸿毛的哲学

山里人家房前屋后，玉米举起棒槌炫耀
竹架上的青瓜还吹着黄色喇叭
那低矮的绿叶间，藏着红与黄的辣椒
与路边星星点点的野花儿絮絮叨叨

稻田里绿了又黄，黄了又绿
无云的蓝天与骄阳下，鹰瞪大了双眼
与我一同巡视俯瞰
这广袤大地上的黄绿魔幻，装饰了这浩瀚海天
还有你我他的梦

故乡秋梦

三百山绵延巍峨
五百里苍翠遍野，迎来
漫山红黄碧透
孕育丰沛的东江源头

秋天一直蹭蹭磨磨
田里秋收依旧红红火火
树上挂满鲜果与秋风私语
青草渐黄爬满沟沟坡坡

秋天开始熟了，满是
醉人的芳香
不忘当年的亲吻与承诺
让游子的思念不再蹉跎

最美的梦，故乡的秋
几多儿时的依恋亲切
几多少年的活泼欢乐
蕴藏着多少的期盼与收获

是谁，把我激情奋斗的岁月写成诗歌
让我深陷美好生活的漩涡

窗里窗外

看不清谁还缠绵在窗外的夜空里
我只关心帘内的世界
不幸的家庭各有各的不幸
我在人间烟火里沉思

半个月亮爬上来
燕雀归巢
猫头鹰，看在眼里
夜，放在心里

九连山的爱

岭南的爱，狂热地扑面而至
却被岭北寒流迎头痛击
霜雪皑皑的峰顶，唯有
青松张开双臂迎接南渡北归的旅羁

南岭不仅是岭南大地的南岭
九连山是岭南岭北共有的恋人
行吟诗人的山峦，谷深青幽的爱恋
定是坚韧阻挡席卷大地风暴的定海神针

生生被原始森林囚禁千年的岩石
定有千般奔流岩浆似的滚烫诗篇
戛然而落地的魂灵却不再不甘地呐喊
你听，山间回荡的定是前世修来的爱的誓言

侃山（组诗）

山色

屋后斜坡上席地而坐，凝望
落日余晖，凝望山脚下
院子里的犁耙和木滚，随着夏燕
飘来山里一个红色的夏

请倒上酒，我微醺时才和你
侃大山，侃故乡的山
喊石古仔吹响唢呐，微闭上眼
我看见山土如血，山色如黛

再给我五十年，都远远
不够侃好她，我故乡的
红土地红土山，更不必说品尝
她的味道和红色的山的佳话
萧家祠已逾千载，门前的
石狮子与香樟、翠柏历经桑田沧海
也未倒下
依旧守卫自己这，曾经住过红军的家

山魂

山魂在呼唤，依山而建的红土屋
张开手臂，便有了精气神
山腰处，山脚下，恰到好处，不偏不斜
山魂不在，如何给青山锦上添花

坐北朝南的红土屋，风水最好的主题
一座灶两个锅，盛满整个春夏和冬秋
烟囱是一支插进红土地的金笔
诠释烟火人间，抒写
浪漫的诗，红色的故事

随山形一字排开的红土屋，在绿荫中
忽隐忽现，是一部底蕴深厚的散文
自成风趣，唯有
山脚一小屋独坐
像个诗人，邀月独酌

山韵

有了高耸的松树，沟壑才够深
有了奔走铲松油的人，山间才有松油径
是一声声纯粹的山歌，喊碎了山的心
妹子不是上山采野果，就去拾松菌和芦穄菌

四面环山是球形幕布，水中倒影清如许
朝阳下犁耙走过幕布，黄昏时黄牛走过幕布
梦境里故乡走过幕布时，早已情非当初

煤油灯下，山里演绎着一场场皮影戏
石古仔的唢呐一响，惊醒看戏人
喜怒哀乐，早已
非戏中事，非戏中人

山里的夜与星辰

清凉的夜，群山沐浴繁星
稻子在生长受孕，无人扰惊
蛙声高调地弹起大提琴

暴雨在蹂躏，山明显有些疲弊
夜是良药，星辰一直慰藉
似乎支离破碎的游子心

故乡的精灵在风中游戏，还好
繁星知道，我藏掖于稻草垛下
看见月亮
从对面的安仔栋烽火台上升起
山里的亲人与盛夏

一座山有一座山的性格
开朗搞笑的，快人快语的
载歌载舞的，见钱眼开的
每一座山
就像我身边的一位亲人或友朋

盛夏即将开启，在山巅上
我以个人名义，选取
优良的苗木和种子
放在山间的山洞里，山谷的水井里

明年三月春晓，我要让
每颗种子都发芽，我要让
每棵苗木都开满鲜花，枝叶繁茂
春风徐来，水如醇酒，山似良药

今夜星汉灿烂，面对
避讳清冷和贫瘠的词，我依然
泪流满面，真情向蓝天告白
山啊，我哪能不爱你

悄悄逝去的夏

山村的夏，带着
早晨花草上挂着留恋的露珠
农民伯伯额上挂着丰收的汗珠
连同蜘蛛网上挂着蚊子未干的泪珠
悄悄地逝去

一声声蝉鸣已无力雄起
好在乡下已忙完早稻收割，晚稻播种
听着一串串劳动后的笑声歌声
不甘的炎炎烈日仍在蒸腾
而我在大榕树下乘着渐凉的风

水潭是王母的瑶池，一个猛子就扎入水中
汗在孩子们黑溜的背上已站不住脚
青蛙鼓着眼睛一睁一闭就不见了踪影
夏虫仍不甘平庸，声嘶力竭地呼唤
一心想留住夏的歌声

即将逝去的夏夜
流星雨是暴发户，奔驰千里闪亮惊艳
萤火虫似文人骚客，一闪一闪地向星星放电

电晕了几多河里的鱼虾，撩动几多少男少女驿动的心
一心想留住夏的美颜

既然如此，索性让夏
走向丰硕的金秋时节，我也趁热打铁
与晚霞告别，紧跟夏长长的尾巴
一起回到山村，享受
盖着被子睡觉的末夏，静静地陪伴母亲的爱

扎根

人生很短
你却扎根于山村生养务农
和祠堂后山的风水林一齐
见证出入县城的路越来越宽
自己却只活动在跟自家猫狗猪牛相同的方圆

人生很长
儿孙沿山间小道越走越远
遍布四海八方
你却与山里的青松一样
活成了老树根，扎根三丈

人生很轻
似乎一阵土风能就把你吹走
这些祖祖辈辈留守的老人啊
就如同一根根螺丝钉
扎根坚守其寂寥卑微的一生

人生很重
到老还扎根在地里耕种
你把残存的微笑留给春

一把老泪，挥别赶考的子孙
感恩上门扶贫振兴乡村的来宾

你对山地的情，比天高比海深
你与那一棵棵百年楠与松一样，叶茂根深

茶的心情

九龙嶂上的春
撩动多少欲返青春的诗人
流连于春风中采茶采风
沉醉于采茶戏“哨妹子”与“钓拐”的野性

一次次的劫后余生
收获沿坡而上的一排排秋后的茶
秋风秋雨拨动子期伯牙的心弦
远胜飘飞稻香与橙黄的光华

从清香春茶到醇厚秋茶
不知经历了多少人间的冷暖兴衰
今秋我也学着掐几树芽尖
当南渡大雁飞越这诗意的地方时
邀请它喝上一口我亲手采摘的秋茶

来春记住我与茶的心情

现实总不缺雨露阳光

我没敢在为数不多的闲暇里颓唐
沉重、极强的疼痛
惨烈、不幸的教训
磨灭不了血和泪刺激出来的灵感
而文字是我的手足兄弟，要让诗领航

我每天用诗的勇气和灵气
同挡在前头的孽障较量
我相信，再低微的骨子里，也有河海湖江
不管险象环生得如何的张牙舞爪
也挡不住我的热血沸腾热忱满腔

我时常独自一人上山，默默将
日夜兼程、风雨路上的点点滴滴
记在日记本上
为什么如此在乎，只为春天
播下的满怀期望

我相信，即使身在最低洼处，也有些许漏光
面对无数的诘难
也无法让我放弃心中的理想

面临万难的困境
也不曾让我抛却斗志昂扬

我相信，纵使低微如尘如荒
只要足够坚持和坚韧
只要拥有热烈活着的倔强
也可以在生命的万里征途
绽放出耀眼的万丈光芒

我读诗写诗爱诗，只因不能失去活下去的希望
医药，法律，商业，工程，都是生存的手段
诗，美，浪漫，爱，才是生活的营养
现实虽然很骨感
却总不缺雨露阳光

南飞的燕雁，请再等一等

早春的燕子欢声雀跃
伴陪一茬茬乡村振兴人
走村串户，访贫问苦
逢山开路，过河搭桥

你瞧，如今的山村里
满山的橙子、猕猴桃
遍野的庄稼与果蔬
空气中飘荡着笑的味道

大棚打开，几个日头一扫描
满眼便是红艳艳、绿油油
果园里满地都是鸡飞狗跳
农家院通明得火燎火燎

山区里的秋啊，天渐凉，叶渐黄
南飞的燕雁，请再等一等
让甜美的米酒、丰收的鼓声为您送行
将村里人的问候与温馨带回给南方的亲人

月光光

坐在屋顶，爬上树梢，掩映草丛
月光光悄无声息地
探望城里乡下的亲人
游子般的，收获
母亲的泪花，初恋的情深

你曾以一根弦，弹一曲相恋
曾以一封家书
将父亲的牵挂化作
一缕金秋的风，将一树清辉
摇落一地斑驳的雪花银

秋虫嘶叫着哄抢最后的白沙滩
却听不见哗啦啦的浪涛声
挂在苍穹的那面镜子啊
有着嫦娥和玉兔怎样的缱绻而责怨
而挥斧伐桂的吴刚告诉我
月光光也不另外，很多时候
最好的抉择就是没有抉择

思考思考

每一棵树，每棵小草
都有自己名字，即使不止
一个，你都叫得
那么亲切顺溜
就像自己的孩子
乳名、大名、学名，都陪伴他们
天天长个

植树对你来说，每天都是节日
有时，就静静地躺在山坡上
望着跑来的风和尘，每一棵
树和小草都朝向你鞠躬
急切地问候与感恩
没人在意风和尘的来历

有时，你抬头
望眼乌云密布的天空
人们为何只顾顺着风跑动
而无人去思考思考
越来越高越大的楼和城
与越来越窄的所谓旷野
究竟是相克还是相生

秋问

趁秋还没走
我从这个山头奔向那个山头
问一问秋
湛蓝的天到底高有几何

清晨，趁秋还没走
我踩着露水
寻踪瓜果飘香，稻黄叶红
问一问秋
到底怎样才算成熟

春天，我灌溉田野
夏天，我奔走千沟万壑
趁秋还没走，我想问一问
水天何以蓝衣飘忽

趁秋还没走
你想问一问秋
秋霜何以染白明镜
谁来陪你
开启一趟说走就走的旅行

梦圆东莞

——现代诗集《世界里的风筝》后记

从小我就爱做梦，曾经做过许多梦，常在梦中，或哭或笑，或飞或闹，乐山智水，花开花俏。后来大半都忘却了，但自己也并不以为非常的可惜。所谓梦者，虽说有时可使人欢欣，有时也不免惹人生气、担忧或者寂寞，使精神的一丝一缕时不时还牵着已逝的、或未知的光阴，哪谈得上什么意味深长呢？而我又偏偏苦于不能全都忘却，这未能全忘的那一部分，到现在便成了我梦圆东莞的来由。长大一些后，自进入中学读书起，常被书中许多朗朗上口、意境优美的诗句，情景交融、意味深长的散文，跌宕起伏、人物鲜活的小说等，感动而着迷。特别是在课文中提到作者的生平、成就和影响，如某某著名的诗人、散文家、小说家、作家等等，让我心驰神往，从此，我有了一个当作家的梦。

当考上中等师范之后，我就开始写稿，在校刊上发表一些小“豆腐”块。后来参加工作了，做了中学语文老师，也时常在有关的报纸、杂志、电视台投一些稿，虽然那个时候被录用的稿件屈指可数，但是，我一直乐此不疲。直到1997年香港回归时节，有机会让我进入了我们县里面的宣传部报道组工作，专门为有关的电视台、电台、报社、杂志社写稿，如《江西日报》《江西法制报》《赣南日报》等，介绍我们本土的日常业绩、先进事迹、优秀人物等，让我真正有了专门从事写作的机会。在那段时间，主要是写新闻报道比较多，由于爱好与兴趣，经常写人物报道、散文，让我受益匪浅，也由此让我无可救药地深深地爱上了写作，一直至今为止，我感觉写作给我的人生带来了无限的乐趣和期望。在这当中，让我享受到了一种别样的自由、惬意的快乐。

1998年，停薪留职很风行，年后我跟随改革大潮，由朋友介绍来到广东汕尾市委宣传部文明办，协助采写编辑出版一套10册《汕尾市精神文明建设丛书》，闲余充当《汕尾日报》《汕尾广播电视报》特约记者写一些散文。完成任务后，1999年我来到珠三角的东莞游历，相继任职于虎门大地集团《服装杂志》《新快报》东莞记者站、LED工厂高管等，又与朋友合伙开广告公司、文化公司等。一晃几年过去了，文无进取，商无致富，2004年被朋友介绍进入城市管理系统，开始了材料员的工作生涯。

由于一直没找到文艺事业的组织，长时间游离于边缘中单打独斗，文学创作没见长进，又找不到指导文学创作门路，那时心里着急，好像灵魂在飘荡，无所依靠，但也没办法，只好一边工作，一边用自己的笔记录下自己的所见、所闻、所感、所想，表达自己的一些情感、想法以及哲理，无拘无束、也没心没肺地表达自己的喜怒哀乐。按身边朋友的说法，是在浪费青春、消耗生命！

直到2013年，与东莞市作家协会副主席、东莞青年产业工人作家协会主席彭争武在市委党校培训时再次相遇，随后，在彭主席的鼓励指导下，加入东莞青年产业工人作家协会，初次在东莞找到文学创作组织，找到文学之家；2016年的一天，那是风和日丽的日子，在油菜花飘香的东莞麻涌，就朋友之约参加市文联和作家协会组织的采风活动，在同学陈昕和横硬朗等的介绍下，认识了当时东莞市文联创作部主任、东莞市作家协会党支部书记兼常务副主席胡磊，介绍说，他是东莞文联负责文学和艺术创作的，又是东莞作家协会主席，那时的心情可谓是心潮澎湃，激动得讲话有点不利索！

后来又相继结识东莞很多名家：陈启文、詹谷丰、丁燕、黎启天、莫寒、刘明祥、吴诗娴、易翔、周齐林、莫华杰、李志鹏等，从此，我就与东莞文联、作家协会结缘了！在7年多的日子里，我争取一切时间，创造所有机会，积极参加文联组织的各项有关活动，有文学采风、有乡村掠影、有音乐诗会、有书画展览、有送春联楹联、有诗词朗诵、有镇街文联交流等，逐渐结识了许多文学与艺术界的领导、艺术家及同道友人。扩大视野的同时，丰富了兴趣，又让自己重新拿起了毛笔，续接师范读书的书法学习。

最难忘的是，第一次走进文联、作家协会时情景，至今仍记忆犹新。那是第一次受邀参加市文联召开的上半年总结大会。一个阳光明媚的下午，蓝天下，东江岸边，草色如茵，花色鲜艳，有红的、黄的、粉的，水面波光粼粼，周围空间一片明净亮堂，充满了生机活力，仿佛要唤醒天地间万物生灵，在赏心悦目中，我横穿过马路即东江大道，有些迟缓地走向文联大门，在台阶下，仰望着那富有岭南建筑风格的文联大楼，那半圆柱形的、让阳光喷涂得金光闪闪的大堂外观，油然产生一种无法言表的敬畏之情。我踩着台阶慢步向上，似乎很庄重地走进这孕育文学与艺术的殿堂。进入厅门，展示在眼前的是整面墙上布满的牌匾，最显眼的是东莞市文学与艺术界联合会，还有作家协会、音乐家协会、美术家协会等等，应该有30多副吧！服务员的引导下，我在前台登记后，顺着二楼的走廊往里走去。到了栏杆往里一瞧，哇，里面竟别有一番风味，下一层地面上是个精美的圆形小内院，高耸的乔木，又高又直，随着目光直插那一圆圆蓝天；小小的玉龙草青翠，几个绿化球圆墩墩；我沿着走廊边走边看，走廊边花池上栽满三角梅，枝曼伸展缭绕，花儿争妍斗艳，在微风中轻轻摇曳，在阳光斜照下更加生机盎然。此时的静美显得如此和谐，真是个美好舒适的好去处！

开始，我并没有刻意去加入作家协会，及其他一些专业的文学团体，感觉不够格，只是在不断地学习，由新闻写作延伸到散文创作，由古诗词写作延伸到现代诗创作，一步一步，散文和现代诗陆续在南方日报、东莞日报、中国作家网、中国诗歌网等专业报刊及网络平台上发表，并于 2016 年至 2018 年三年中与黄江文友联合编著出版了散文集《黄江，那些行走的记忆》《追梦》，诗集《宝山诗韵》等 3 部纯文学著作，2019 年又出版个人古体诗专集《行走山水间》，个人现代诗专集《青绿山河里》《世界里的风筝》以及散文集《无关风雨》将于 2024 年初陆续出版。

在近几年，我陆续地加入了市、省作家协会、青年产业工人作家协会、东莞中华诗词学会等文学团体，让我更加的开阔了眼界，丰富了知识，深化了文化内涵，提升了这个文学素养和写作水平，特别是有幸的认识了一大批国家级、省级及市内的文学大咖及文艺爱好者，大家一起欢聚一堂，畅谈文学，畅谈人生，不亦乐乎。如果说，读书改变了我的命运，那么以文学为依托的文联、作家协会，更让我的人生质素得到幸福的升华，因为有了文联、作家协会，圆我从小梦寐以求的作家梦，因此而感到生活无比的充实和愉悦，人生无比的自豪与美好。

2023 年有幸加入了中国诗歌学会，结识杨克老师，又给我的文学梦加上一道强劲的力量。今后，在剩下的人生旅途中，我将一如既往地以文字和深厚的情感去描绘祖国大好河山，在广东作家协会、东莞作家协会这个大家庭中，孜孜以求，砥砺前行，不断地提高自己的文学创作水平，在日常生活、工作学习中，扎根广东、东莞本土深入地观察并记录，以我心我手书写我想、我感，把这个百年未遇之大变局的挑战与美好，把对文学的感谢、对众多文学导师的感恩，化成原动力和创造力，为人民创作更多更好的文学作品、更优秀的文学作品。春风化雨，诗意飞扬，让我们携手并肩一同成就这个伟大时代最美好的人与事，最感人的情与诗！此为后序！

2023 年 10 月 8 日于黄江